« BOX 7 »

Evy Maze

« BOX 7 »

Récit

NomBre7 éditions

Pour eux, tes chers amis
Pour toi
Pour ta sœur
Pour votre père
Pour toutes les mamans
Pour moi
À nous…

Ce livre a été mon lieu de guérison…

« On ne se souvient pas des jours, on se souvient des instants. » Cesare PAVESE

JOUR 1

« Mon amour, c'est le fil auquel se tient ma vie. »

Étienne de La Boétie
Sonnet XXI, dans Sonnets, 1555.

Tout semble calme, parfois, comme ce jour de juin…

Je me revois pleurnicher, assise sur un banc devant un hôpital en attendant mon rendez-vous.

Il fait beau ; c'est normal, nous sommes en juin.

C'est la fin des cours.

Le soleil me caresse.

Des larmes coulent sur mon visage.

Tu sais comment je suis…

Je pleure parce que ta sœur vient d'entrer en salle d'examens pour son oral et que j'ai peur pour elle. Elle y est ; son amie me l'a dit. Et je pleure…

Tu trouverais cette sensiblerie démesurée, je le sais.

C'est infondé, je le sais, mais c'est plus fort que moi !

Toi, tu m'aurais dit : « Arrête maman ! »…

Il fait beau, j'attends mon tour…

La soirée se révèle pleine de promesses. Ta sœur est heureuse, car cela semble s'être bien déroulé. Le temps est clément et mes résultats médicaux sont stables.

Je reçois un message de toi. Pour la maman que je suis, c'est important. Ton message est court, mais cela me suffit…

Dans la soirée, le temps s'assombrit, ils annoncent de l'orage.

Il est assez tard.

Je suis fatiguée, je vais me coucher. D'une chambre à l'autre, je parle avec ta petite sœur, Emma, qui elle-même est en contact avec toi… jusqu'à ce que tu ne répondes plus…!

Plus rien, plus aucun message !… Le vide.

Elle insiste, car cela lui semble si soudain, si bizarre ! En vain.

Elle surveille son téléphone mobile, de temps à autre, pour s'assurer que tu as renoué le dialogue. Mais rien !

Elle me dira plus tard qu'elle n'a pas bien compris, mais que, te connaissant et vu le travail que tu abats, tu es sûrement rentré dormir à la villa.

Elle va s'en tenir à ces réflexions sans s'inquiéter outre mesure, même si… même si, parfois, elle jette un œil sur ses messages.

Et moi, moi je dors…

La pluie tombe par rafales, ça me réveille légèrement, puis je me rendors en pestant contre ce fichu temps parisien !

Mon réveil sera brutal, et ce sera la dernière nuit durant laquelle je vivrai sereine et sans être tenaillée par la terreur.

Oui, mon réveil sera brutal, tu sais, Trésor, comme dans ces films…

L'interphone retentit aux alentours de 5 h 45. Je l'entends, ne fais aucun mouvement.

Je sens mon cœur s'accélérer dans ma poitrine. Néanmoins, je ne bouge toujours pas.

Le tapage réveille ta sœur.

D'une voix endormie elle me demande :

— Maman ? Qui cela peut être ?

Paralysée, je réponds que je l'ignore.

Nous sommes criblés de dettes. Je me demande si ce sont les huissiers, puis je me ravise, vu l'heure.

Emma se lève.

Elle jette un œil à travers le judas de la porte tandis que je t'envoie un message pour te demander si tu rencontres des soucis de paiements.

Elle revient vers moi, toujours inerte dans mon lit, et me dit que deux hommes, déjà entrés dans l'immeuble, se trouvent devant notre porte, trempés, un papier à la main. Je suis pétrifiée, glacée jusqu'au plus profond de mes tripes.

Puis, légère accalmie avant que, cette fois, l'on sonne à la porte. Mes yeux sont grands ouverts, la panique me gagne, pourtant, je reste tétanisée.

Ta sœur, fatiguée de la veille, est déjà retournée dans sa chambre et s'est rendormie.

Je ne sais plus quoi faire jusqu'à ce terrible moment, celui qui sonne le glas de ses espoirs, où l'on frappe à la porte d'une manière insistante et musclée.

Je me lève alors, perdue comme un robot déconnecté. Cette situation est terriblement anxiogène ! Je refuse de vivre cela.

J'ouvre pourtant, mécaniquement. Tout est contracté en moi !

Je comprends immédiatement que c'est grave. Devant moi, deux policiers, la mine de circonstance, ruisselants, me regardent avec empathie.

Sur le pas de la porte, pieds nus et sans les faire entrer… ces quelques minutes resteront les plus terrifiantes de ma vie… un silence de tombeau s'installe… nous n'échangerons aucune parole… mais je leur dis, à moins que je ne leur crie, je ne sais plus… Il me semble que j'ai crié dans un souffle rauque, hurlé dans le silence de la nuit : « Non, je vous en supplie, ne me dites pas que mon fils est décédé… *NON*... …! »

Ils entrent en forçant un peu le passage, me font asseoir dans notre canapé. Je les observe, je leur adresse, hagarde, un regard suppliant.

L'un deux me demande, non sans peine :

— Madame Conti ? Êtes-vous bien la mère de Diego Conti travaillant au restaurant « Il Castello » ?

Je souffle un petit *oui.*

Il me tend alors un papier avec un numéro de téléphone et un nom, ils me conseillent alors de partir dès que je le peux, parce que tu ne seras plus là demain.

Je regarde ce petit bout de papier comme une analphabète devant un texte de loi.

Il n'existe, pour cet instant, plus que lui et moi. J'entends de loin qu'ils me souhaitent bon courage et partent en prenant le soin de refermer la porte derrière eux m'abandonnant, seule, devant quelques chiffres et un nom inconnu.

Toujours assise, la main crispée sur cette feuille, un ouragan de sensations m'assaille : je suis sans vie.

Défilent devant moi : des images, des moments, des joies, des peines, des disputes… tout se mélange.

Cette montagne d'indigeste se dresse devant moi.

Mon ventre ne fait plus qu'un avec mon cœur.

Cela sent la mort.

Il me faudrait encore un jour, encore un instant, encore un moment…

Mon corps, recroquevillé, dit : Non !

L'enfer me désigne comme candidate…

Je retiens mes cris sourds de désespoir, pour ne pas sombrer tout droit dans la folie.

La bouche entrouverte, ma salive n'humidifie plus mes lèvres crevassées, je m'allonge dans le canapé en position de fœtus, je voudrais dormir, devenir sourde… surtout oublier, être une autre.

Je ne veux pas me trouver ici à vivre l'indicible.

Je ne ressemble plus à rien…

J'entends de nouveau qu'ils prononcent mon nom, puis ton prénom, j'agrippe frénétiquement ma chemise de nuit.

Mon ventre se contracte, je souffre, je n'ai qu'une seule et unique envie : hurler.

Ou bien appeler au secours, devenir folle et ne plus me souvenir de cet instant.

La peur effroyable m'emporte viscéralement.

Mes entrailles hurlent de douleur.

Je veux mourir subitement, par pitié je veux mourir !

Mon cœur, pourtant récemment réparé, va être expulsé de ma poitrine. Mes deux mains le maintiennent, pour le soutenir. Il saigne.

J'ouvre la main et redécouvre ce morceau de papier que je tente de défroisser.

Ce seul lien qui me relie, à toi, à présent.

Pourquoi lui, mon Dieu ?!?

Je m'extirpe péniblement du canapé, pour aller chercher mon téléphone portable, resté sur mon lit et je reviens comme une zombie m'y asseoir de nouveau.

La très éprouvante réalité me rattrape, je dois en savoir plus, je pense à toi, je pense à ta petite sœur qui dort comme un bébé et à qui je dois annoncer ce cauchemar !

Maman je suis, je dois rester… garder le contrôle encore pour un court instant et je dois agir vite.

Je parle seule, on dirait une dingue !

Enfin, j'appelle l'officier, là-bas…

Celui qui en sait plus !… assurément, celui qui va me rassurer !

C'est certain, il va me dire des choses apaisantes, minimiser ce drame.

Lui, il connaît la réalité et elle ne peut être celle-là !

Il sera pourtant sec et tranchant sans me donner d'autres explications, mis à part le fait que les médecins de l'hôpital où tu as été héliporté lui ont dit que ton pronostic vital était engagé !

J'essaie de tenter, alors, un dialogue sur un ton suppliant :

— Officier Fiori, puis-je obtenir d'autres explications ? Diego était-il seul ? Et comment, COMMENT ? POURQUOI ?!?

Il reste silencieux, ignore ma requête et me conseille le premier avion pour venir à ton chevet.

Je lance un « *merci* » immédiatement suivi par des sanglots que je ne contiens plus ; j'allume une cigarette qui me donne comme un goût de poison dans tout mon corps ; je regarde notre chienne qui me fixe étrangement, je la caresse en me rappelant comment toi tu la caresses ; les larmes coulent, puis des tremblements incontrôlés s'emparent de moi et me secouent violemment de tout mon être. Puis les sanglots muets s'emparent de mon corps sans vie pourtant rompu de douleurs, meurtri.

Je comprends à cet instant, la signification de l'expression : pleurer *comme une fontaine ; pleurer jusqu'à se vider.*

Néanmoins, je ne perds pas encore totalement le contrôle.

J'appelle Younes, votre beau-père qui me dit dans un souffle qu'il quitte le travail et qu'il arrive.

Il doit déjà être sept heures je pense.

Je ne sais toujours pas quoi faire, je m'allume une autre cigarette et j'essaie dans un dernier élan, d'être une vraie maman, d'agir avec raison, avec pondération !

Je me relève difficilement, mes jambes sont comme de la guimauve. Il fait un froid absolu qui est devenu polaire ! En tout cas, c'est mon ressenti. Dehors il pleut à verse. J'ai si froid, je tremble de tout mon être, je me dirige, comme une femme ivre, vers la chambre d'Emma.

Je la regarde paisible, j'hésite, je reste plantée là… à la contempler.

Je suis effondrée. Je m'appuie un court instant contre la porte de sa chambre afin de ne pas chavirer.

Puis doucement, dans un élan de courage, dont je ne connaissais pas l'existence et comme pour ne pas alourdir sa vie, je m'approche de son lit, m'y assois, je prends sa main toute chaude dans la mienne glacée, puis dans un murmure pour ne pas la brusquer je lui dis dans un souffle lent :

— Ma chérie, il va falloir être forte.

Je ne trouve pas d'autres mots à lui dire. Je choisis la facilité, car mon esprit ne construit plus de jolies phrases intelligibles, ni ne peut inventer, inventer pour soulager.

Elle ouvre à peine les yeux, me regarde encore tout endormie, je répète, alors, d'une manière beaucoup moins audible :

— Ma chérie, il va falloir être forte.

Encore une fois, il n'y a que ces stupides mots qui sortent de ma bouche.

Je retiens mes larmes, pour combien de temps encore vais-je garder la tête froide, je ne sais pas.

De ses grands yeux verts à présent grands ouverts, légèrement redressée sur un bras, elle me demande qui était derrière la porte, je lui dis que c'était la Police…

Elle se relève un peu plus, me scrute et me demande si quelque chose de grave est arrivé à vos grands-parents. Alors je pleure, je la prends dans mes bras, je la respire et d'une voix complètement défaite, je lui dis : « non… c'est ton frère… ».

Je lis alors l'effroi dans ses yeux, ses lèvres tremblent, sa peur de la suite de mes propos est palpable. C'est tout l'effort de réalisation qui s'exécute en elle… et se met en place.

J'entends presque dans sa tête, les colonnes qui s'abattent, les murs qui s'effondrent, c'est un saccage de sa belle ordonnance intérieure, jusque-là si… intègre, bien rangée… si… *à sa place…*

Je lui explique… J'écoute mes propres mots… ils me crucifient, une seconde fois, puis, *enfin*, je m'effondre, ma raison a lâché… tant mieux, c'est moins douloureux d'être mort.

Je la regarde cependant se lever précipitamment et enfiler un gilet. Qu'est-ce qu'elle va faire, elle… *dans sa tête bien faite ?!*

Dès cet instant, je n'assume plus rien.

Je demande juste si nous devons prévenir ton *ex* avec qui tu es en froid.

Avec ta sœur, nous jugeons après une courte réflexion, que… *oui.*

Emma ne pleure pas, on dirait une guerrière… : avec un sang-froid de tueuse à gages, dictée par une méthode sans faille, sans à-coups, comme si on lui assénait des nouvelles comme celle-là toutes les nuits, elle commence à téléphoner partout.

Votre oncle, Ricardo, qu'elle a prévenu rapidement, la rappelle pour lui annoncer, non sans peine, tant la souffrance l'a également foudroyé ; qu'il a immédiatement réservé les billets d'avion pour le prochain vol qui ne décolle qu'aux alentours de seize heures.

Elle téléphone à votre père, qui reste injoignable.

Ta petite sœur ne pleure donc toujours pas ! Néanmoins… sa manière de faire les choses est différente. Ses gestes sont maintenant légèrement saccadés. Elle doit prendre sur elle un max… et moi qui m'observe… à la ramasse… j'ai été anesthésiée, plus rien ne répond… j'ai peur pour ta sœur… quand elle va décompresser… ça va être violent…! Là, elle monte en tension… mais cela ne se voit pas, elle le cache… qu'elle est forte…!

Puis, après avoir cherché sur Internet, elle téléphone à ton staff, auprès de qui nous apprenons que vous étiez trois lors du drame et quelques autres circonstances qui ne présentent rien de bon… rien pour nous rassurer !

Elle m'a présenté le combiné, je parle un peu avec ton manager, puis j'écoute sans pouvoir émettre un son, sans pleurer. *Je me sens nulle. J'ai mal…*

Ton ex, que j'ai prévenue, me dit qu'elle me rappelle de suite.

Elle rappellera plus tard pour demander à ta sœur de trouver trois places supplémentaires sur le même vol que nous.

De mon côté, la machine commence à *vraiment dérailler !*

Il paraît que la seule chose qui s'échappe de ma bouche déformée : elle est si sèche et amère ! : « *non, pas mon bébé ; non, pas mon bébé…* ».

Je ne me souviens plus trop de ces instants, empreints de douleur extrême, dont je ressens encore la blessure.

Du haut de ses 18 ans, elle va désormais mener d'une main de maître le déroulement de notre départ.

Je me souviens de son improbable pâleur ; que nous nous regardons sans cesse pour interroger par les yeux, l'état de l'autre : *ça va... ? Nous sommes toutes les deux sous une cloche de verre, enfermée, hermétiquement... : le vide et son silence omniprésents, pour seuls compagnons de cellule.*

Et là, je crois, nous savons, elle et moi… que, quoi qu'il advienne, nous nous regarderons toujours de cette même manière ahurie, désarçonnées de souffrance ; abattues…

Des pleurs, les mêmes mots, encore les mêmes, toujours les mêmes…

Je prie sans cesse dans ma tête, je prie, je pleure, je pleure et je prie.

Je jette au hasard quelques vêtements dans un vieux sac noir posé au sol.

Ta petite sœur me tend ma petite mallette de médicaments et ton beau-père arrive.

Après cela, tout devient assez flou, je me laisse guider...

Tout va si vite ! Je suis prise dans un tourbillon infernal que je ne maîtrise pas.

J'aimerais être seule, hurler, ne plus avancer, ne plus rien désirer, ne plus exister…

Éventuellement, juste respirer ta sœur pour te respirer également !

L'aéroport ORLY SUD, où nous retrouvons tous les autres. Votre oncle qui pleure sans cesse comme moi, ton ex, venue accompagnée de deux autres personnes, qui pleure également et qui ne comprend rien.

Nous essayons de lui dépeindre, cet atroce tableau dressé devant nous, comme un gigantesque puzzle, aux pièces manquantes, et qui nous effraie nous-mêmes.

Elle pose des questions, trop de questions, auxquelles nous ne sommes pas toujours en mesure de répondre, nous disposons à cette heure, de si peu d'informations !

Hier encore, elle ne voulait plus entendre parler de toi ! Aujourd'hui elle est folle d'angoisse à l'idée de te perdre…

En ce qui nous concerne, hier, tout semblait tellement beau…!

Même dans notre petit quotidien, tout était si magnifique ! Tes blagues à deux sous, tes rires, tes yeux verts malicieux…

Vous, mes prunelles, mes enfants !

Des idées curieuses vagabondent dans ma tête pendant que je les regarde tous…

— Bonjour, tu as combien d'enfants ? Deux, un fils de 23 et une fille de 18 ans.

Comment pourrais-je dire autre chose ?

Comment pourrais-je faire corriger mon putain de livret de famille ?!

Ma famille, mes repères… *les miens !*

Gianni, votre père est enfin joignable. À présent, il sait…

Il quitte immédiatement son lieu de vacances et va faire le maximum pour nous rejoindre, là-bas…

Nous nous retrouvons à 6 à prendre l'avion… vers cet autre été… *l'été meurtrier* !

Ton ex et ses accompagnants sont placés un peu plus loin que nous, sur la droite. Parfois elle se retourne, nous regarde et replonge son visage dans ses mains.

Elle en fait trop à mon goût.

Moi, je pleure encore et encore, tandis que les gens autour de nous rient, ils partent en vacances au soleil… et moi je pleure devant le monde, aux yeux du monde. *Je m'en fous !*

Mes joues brûlent, votre père me manque horriblement ; nous sommes divorcés, mais il me manque terriblement, il faut que nous soyons quatre, il le faut !

Emma est en contact permanent avec ton staff. Moi je reçois un appel d'Orso, l'un de tes meilleurs amis qui est sur place, car c'est son île.

Il me dit que c'est très grave, qu'il s'est rendu à l'hôpital, mais qu'il n'a pas eu le droit de te voir, car, en réanimation, les horaires sont stricts et qu'ils attendent la famille proche.

Il a une voix que je ne lui connais pas. Une voix douce et rassurante ; il parle doucement comme pour que je m'imprègne bien de ce qu'il me dit. Il est extraordinaire ! Il me dit qu'il sera là à notre arrivée et qu'il nous accompagnera directement à l'hôpital.

Les nouvelles filent vite… beaucoup de gens savent déjà…

Je pleure, ta sœur me tient la main comme elle le fera désormais très souvent.

Juste avant le décollage, mon téléphone sonne ; je regarde, il sonne, je ne bouge pas, c'est l'hôpital où tu as été héliporté. Mon sang se glace. Je regarde de nouveau mon téléphone posé sur ma cuisse, je panique, je suffoque…

Encore une fois, ta sœur dans toute sa splendeur de jeune femme surdouée et qui a, *d'elle-même*, pris en charge la mission de me protéger, répond. Alors que nous sommes en train de perdre pied, ils nous demandent de leur apporter ta carte vitale rapidement.

Le tact légendaire des gens de cette île, à l'accent chantant comme en Italie.

Ta sœur leur explique d'un ton agacé que nous décollons et que tu avais tous tes papiers sur toi ! Puis elle raccroche.

Je suis tellement soulagée, je peux arrêter d'être en apnée…

Les gens nous regardent, moi je ne cesse de pleurer. Ces regards, nous allons les subir longtemps, accompagnés parfois de réflexions désobligeantes.

Je n'ai plus la notion du temps qui passe, seule avec moi, seule avec mes pleurs… je me sens désemparée. Nous atterrissons. Comme promis, Orso est là.

Il n'a pas les mots, alors il nous prend dans ses bras, comme il ne l'avait jamais fait auparavant.

Nous nous séparons en deux groupes pour nous rejoindre tous à l'hôpital.

Je ne regarde pas autour de moi, tout est sombre et laid. Il fait noir dans ma tête. Il porte notre pauvre sac et nous conduit jusqu'à son véhicule.

J'érige des murs d'enceinte tout autour de moi : non ! Je ne veux rien voir de ce que tu ne vois pas !

La voiture roule à vive allure.

Je ne veux pas voir ce que tu ne regardes pas !

Sans toi tout est erroné.

Le regard vide, sans suite, sans fond, ma tête posée sur l'épaule de ta sœur, je pense au moment où je te reverrai.

Cela fait des mois que tu travailles ici. Tu nous as tant manquées. Tu nous manques tant. Tu vas tellement nous manquer dans tes silences profonds de sommeil... *tu es dans le coma...*

Nous arrivons enfin devant ce bâtiment froid où nous serons souvent à attendre les heures de visites.

Ton ami est bouleversé. Nous, nous sommes perdus...

... Impression folle d'une descente vertigineuse...

Tout va trop vite et, paradoxalement, l'attente est interminable.

Sans vraiment voir ni lire, nous sommes devant un règlement collé sur une porte fermée.

Ton ex m'explique vaguement que nous aurons une heure, à nous partager deux par deux, uniquement pour quatre personnes... je la regarde... je me souviens que je me suis dit qu'elle délirait... que ce n'était pas comme ça dans les films...! *Je flotte dans un brouillard, un flou... comme si j'avais abusé de psychotropes puissants... ce que le cerveau est bien foutu... quand il veut s'épargner la douleur...*

La réalité me rattrape et me rattrapera toujours.

La porte s'ouvre ; nous apercevons des soignants qui nous regardent sans nous adresser un mot.

Nous, comme des moutons de Panurge, nous suivons la foule, ces gens qui sont habitués... *à l'inacceptable...*

Nous atterrissons dans une minuscule salle d'attente froide et vétuste ; cela me fait immédiatement penser à l'univers carcéral…

Je m'assois sur une chaise, je devine vaguement, alors que ma conscience reprend une bouffée d'air, que mes yeux sont à présent rouges et gonflés.

Mon sac est posé un peu plus loin, j'ai mon portable dans ma poche.

Faible, et paumée je regarde ta sœur qui a le visage défiguré par la douleur, elle est pâle, les cheveux tirés en arrière.

Je pleure.

Je regarde les autres, je regarde les gens d'ici qui viennent voir leurs proches, ils papotent, nous regardent ; ils savent qui nous sommes et ce qu'il t'est arrivé.

Tu sais, Trésor, si dans notre ville tout se sait rapidement, ici sur cette île, c'est identique… *et cent fois plus rapide et déformé…!*

Ce doit être l'heure, car un second SAS s'ouvre et nous voyons les autres visiteurs s'y engouffrer, alors nous les suivons, nous procédons aux mêmes gestes de la désinfection obligatoire, enfilons des habits stériles pendant que les autres personnes se dirigent vers d'autres « box » nous attendons… l'air un peu gauche.

Deux soignants s'approchent et nous demandent de décliner nos identités. C'est vraiment comme si on te visitait en prison ! Nous nous exécutons. Ils nous expliquent brièvement et nous demandent de les suivre. Ils nous ouvrent le passage… vers toi.

Nous sommes dans un couloir ; tout est assez flou ; et des odeurs désagréables resurgissent de mon passé et assiègent mes narines !

C'est alors que nous devons avancer, avancer pour te voir, avancer et avancer encore, c'est interminable ! … jusqu'au « box 7 », qui se trouve juste à côté d'une grande pendule, tic tac, tic tac… le peu d'encore vivant en moi se rétracte !

Je pleure encore, j'avance et je pleure, j'aimerais avancer jusqu'à toi main dans la main avec ta petite sœur, hélas, mes jambes se dérobent, mon cœur bat de plus en plus intensément ; je vais tomber, pourtant je voudrais tant lui donner la main, la serrer dans la mienne et la rassurer.

Mais à ce moment précis je ne suis plus une maman, mais un robot qui essaie de se mouvoir pas à pas sans tomber, un robot cassé qui à chaque mouvement perd une pièce, puis deux, puis, puis…

Deux infirmières surgissent de nulle part et m'encadrent comme dans une comédie dramatique ou une sorte d'escorte, j'ai envie de leur dire « *non !* », je leur témoigne ma reconnaissance et leur adresse un simple « *merci...* » en pensant que ta sœur, elle, avance derrière moi, toute seule.

Cela augmente ma peine. Ma petite fille est seule dans les couloirs de cette mort qui est partout… partout, elle rôde.

Il me semble que c'est loin, si loin et cela me rassure.

Mon envie de te voir, approche, c'est si fort que la peur me fait chanceler.

Nous voici devant le « box 7 », je te vois, je hurle de mon désespoir secret, car je veux me contenir… par respect pour toi. Elles veulent que je m'assoie ; je refuse.

Avec ta sœur, nous nous plaçons du même côté, le côté où l'on te voit le mieux et le plus accessible pour te toucher, j'arrête de pleurer. Je suis devant toi, devant ton état… je veux te faire honneur…

Puis naturellement ta petite sœur se positionne de l'autre côté, dans un infini désir de *te recouvrir de son enveloppe de sœur.*

Tu es beau, tu sembles dormir, branché de partout, certes, mais tu sembles dormir.

Nous prenons tes mains ; je te touche, je m'apaise, je te vois, je te regarde, je te parle, nous te parlons.

Je la regarde attentivement, placée juste en face de moi, elle contient ses larmes ; toi, son grand frère, sa moitié, son confident.

Toi, Diego, mon fils.

Je ne cesse de te dire de te battre, de passer cette première nuit décisive, cruciale.

Toi mon gladiateur, bats-toi !

Si bien auprès de toi, nous sommes hélas interrompues par le médecin-chef de la réanimation, c'est une femme au regard inquisiteur et dédaigneux.

Nous allons, alors, vivre de pénibles moments, et le curseur de la douleur s'élève… comme pour augmenter notre douleur.

Un face-à-face improbable… : jaugées par un regard injecté de suffisance, de froideur, comme dans un affrontement dont on ne penserait pas qu'il puisse avoir lieu, ici… cette femme – qui semble parfaitement connaître son *rang* dans l'organigramme intérieur – est d'une telle agressivité latente, qu'elle en est risible… nous l'observons… comme un sujet de curiosité… *la connerie frappe vraiment toutes les strates socioprofessionnelles…*

Après avoir subi un véritable interrogatoire – qui nous semblera plus qu'éloigné du spectre de ton état de santé – toujours avec le même dédain nonchalant, elle nous expose – enfin ! – ta situation médicale et son pronostic, très négatif, te concernant. Elle semble en tirer une espèce de jouissance perverse. Je lui rappellerais bien le serment auquel elle a prêté allégeance, voire lui ferais bien bouffer… mais je pense à toi…

Son discours irrespectueux me semble inapproprié, elle ose, pour clore le tout, dans une espèce de combat d'honneur sadique, nous montrer des photos insupportables…!

Elle dit sans cesse : « *les gens du continent* ».

Elle prononce des mots sur la gravité de ton état, de la situation, indignes d'un médecin : toi qui es entre la vie et la mort, toi qui luttes pour vivre.

Je ne regarde que sa bouche qui s'ouvre et se referme comme un clapet, mais j'entends, cependant, que tu ne passeras pas la nuit et que même si tu la passes, ce sera terrible. Elle met tout en œuvre, vraisemblablement, pour nous mettre à terre. Mais nous y sommes déjà… *bien attrapée !*

Ta sœur n'est plus en mesure de l'écouter, elle n'en a plus la force. La colère et le dégoût montent en elle.

Elle se lève, et sans prononcer un mot, sort.

Moi je regarde cette femme qui s'est acharnée et qui semble apaisée, satisfaite. Je me lève également, je sors, sans la saluer, repasse devant le SAS, vois les autres et je retourne, seule, auprès de toi, le seul endroit où je veux être.

Je te parle à nouveau, te caresse la main, te masse les jambes.

Pour ce soir, le temps ne nous est pas compté, cependant, nous n'en savons rien, par manque d'informations qui nous viendront plus tard.

Je pleure vite, je te supplie vite, je te regarde encore avant de sortir du « box 7 », vite ; et je laisse la place aux autres.

Je ne trouve plus ta sœur, ni mon sac à main d'ailleurs, tout est flou, sombre et embrouillé dans ma vie.

Je suis perdue, hagarde, perdue dans cet hôpital.

Il est tard, je suis épuisée, je marche au hasard le long de couloirs inconnus, en oublie le but précis…

Tout est confus dans ma tête. Tel un zombie, j'arpente, en sens inverse peut-être, cet indéficelable labyrinthe de couloirs. J'essaie ceux-ci…

Après un long moment, je parierais une bonne semaine au moins, d'une très longue durée en tout cas, je pense enfin, à prendre mon téléphone au fond de ma poche et j'appelle ta sœur en larmes, comme une petite fille perdue. Je lui dis que je suis égarée et que j'ai perdu mon sac.

Elle me rassure : ils sont tous du côté des urgences et m'attendent patiemment ! Elle m'explique avec force et pédagogie comment sortir par l'entrée principale en me demandant au préalable où je crois me situer. Sa solide et savante assurance me fait rougir de fierté. Quelle nana !

J'arrive enfin à sortir, elle est déjà là.

Je la retrouve, assise en tailleur au bord du vide, elle me voit, elle explose littéralement en sanglots en me disant que notre vie est foutue et que plus jamais, inéluctablement, plus rien ne sera comme avant !

J'essaie, en levant légèrement la tête, de la rassurer, mais je pleure également.

Elle refuse tout contact.

Elle ne veut que toi.

Je la regarde, à la fois si belle… et si défigurée par l'horreur… l'effroi !

Elle me dit dans un cri sourd, le regard vers le sol, que si *tu sautes, elle saute !*

Je mets un temps d'arrêt… puis je lui réponds calmement que moi aussi, car c'est une évidence, comment vivre sans toi, sans elle ?

Nous savons à présent que votre père est en route, je promets à ta sœur, dans le but d'alléger ce qui la consume, *sans vraiment en être convaincue réellement moi-même :*

— Ma puce, dès que papa sera là, tout ira mieux.

Elle daigne descendre de ce muret qui me paraissait si haut et nous rejoignons les autres.

Les portables sonnent sans cesse, tes amis, et Dieu sait combien tu en as, nous harcèlent un peu, c'est normal ; certains pleurent juste, d'autres essaient de nous rassurer, nous soutenir, c'est très variable…

Nous sommes chez Orso, qui nous héberge toutes et tous dans une toute petite maison, prêtée par son employeur, pour la saison.

Dehors, l'obscurité et sa froideur me compressent, me compriment… j'étouffe dans un étau de glace…! Je ne regarde qu'au loin.

Je te revois dormir, si beau et si fragile…

Je *respire* ta sœur afin de te respirer de nouveau.

Je ne bouge pas, assise sur de vieilles marches face à la végétation dévoreuse… luxuriante…

La seule lueur qui éclaire mon visage est l'arête incandescente de ma clope.

Putain, ma vie bascule…

J'entends tes rires.

Vont-ils, un jour, revenir ?

Et pour combien de temps ?

Tu dors, Trésor, moi je t'attends…

La nuit est de plus en plus noire.

Ce soir, il va faire froid, très froid, néanmoins je reste dehors, face à l'immensité de la campagne et des arbres dressés devant moi, ces piques de bois érigées…

Je fume, je fume, je fume. Je regarde encore au loin, persuadée qu'au-delà il y a l'hôpital, la réanimation, le « box 7 », puis toi, toi qui te bats. Je me persuade que tu entends mes yeux de mère…

Parfois je réponds au téléphone… je n'explique rien, car je ne sais rien.

La seule et unique chose que je sais, est, qu'hier tu riais, tu blaguais, tu étais en vie et qu'à présent, tu dors…

On me pose des questions, on pleure, je ne réponds rien, je pleure.

Tellement envie d'être seule...

De temps en temps, je me retourne... je les regarde... il m'arrive de sourire comme pour remercier d'un gilet qu'on vient de délicatement poser sur mes épaules afin que je ne tremble plus, d'un paquet de cigarettes déposé pudiquement, sans bruit, sur la marche que j'occupe, d'une main qui effleure ma joue mouillée... la bonté... la tendresse... c'est tellement beau...

Puis je fixe de nouveau l'horizon, j'éprouve une impression fugace d'être enceinte, enceinte de toi ; alors je pose mes mains sur mon ventre désespérément vide de toi !

Au loin, j'entends le bruit d'un monitoring et je sens que c'est ton cœur qui bat.

Serait-ce déjà la folie qui me gagne, pourtant je l'entends si distinctement et si régulièrement, au loin... au loin je vois les lumières de l'hôpital, j'ai besoin d'inventer pour survivre et rester auprès de toi.

En plein doute, j'appelle ta sœur. Elle s'approche, puis s'assoit près de moi et se blottit tout contre moi pour enfin poser sa jolie tête sur mon épaule, elle ne dit rien, nous restons quelques instants dans cette posture, muettes, puis je lui demande de tendre l'oreille.

Elle se détache de mon épaule et s'exécute, je lui dis que je suis folle, que j'entends ton cœur qui bat... elle me regarde, écoute attentivement, me sourit, presque heureuse et me dit qu'en se concentrant, elle perçoit à son tour, ce même son clair, régulier, franc et qui nous est cher, puis elle fond en larmes !

Je la serre tout contre moi et lui promets une seconde fois, que lorsque votre père sera présent tout ira mieux, car *c'est nous quatre, sinon rien !*

Je ne sais plus très bien combien de temps je suis restée assise sur ces marches à contempler l'horizon, à scruter au-delà des arbres, à admirer le ciel, cherchant un signe de Dieu, ou un nuage formant un mirage rassurant, longtemps, très longtemps certainement, car je suis gelée et mon corps endolori hurle du supplice de cet inconfort prolongé.

Je suis seule, je suis seule avec toi.

Mon esprit est à la fois vide et empli de toi, de souvenirs de toi.

À chaque seconde qui passe, je crains que l'hôpital n'appelle pour nous dire que tu es parti rejoindre les anges.

Ton ex n'arrête pas de les appeler, les harceler pour connaître ton état. Toujours la même réponse… si tu survis ce sera un miracle. Chez les médecins, la psychologie est souvent… courte ! J'écoute au loin ses questions, ses réponses, je pense qu'elle a du courage, malgré nos différends.

Elle me raconte, alors je décide que je vais t'écrire, car j'en ai besoin ; et qu'il faut tout te conter. Tout te raconter ; pour que tu vives ; pour que tu m'entendes ; pour que tu me lises ; pour que je n'oublie pas. *Pour que je t'aime, encore et toujours !*

Oui, t'écrire chaque jour qui passera, te dire afin que du fond de ton sommeil, tu entendes ta mère.

Il est tard, très tard, j'ai de plus en plus froid, les autres bougent autour de moi.

On me dit que votre père arrive à l'aéroport, ton meilleur ami me signale qu'il part le chercher avec d'autres, dont ta sœur.

La route est longue, je le sais, je ne bouge toujours pas, mes pieds pèsent des tonnes, mes jambes ne sont plus en mesure de me porter, de supporter ce corps-fardeau qui s'engourdit.

C'est curieux, cette impression de trop réaliser ce qu'il t'arrive, d'occulter paradoxalement et de se retrouver deux ou trois jours auparavant.

Je te revois rire de ton rire malicieux, puis j'entends ta voix au téléphone, juste pour me dire que tout va bien ou que tu vas m'envoyer des photos…

Si tu pars, c'est certain je vais te suivre.

De nouveau, me vient cet appel… : je dois t'écrire… : c'est la corde que je vais te lancer pour te ramener sur notre rive, c'est la bouée de secours que tu vas me retourner pour ne pas me perdre, pour me sauver.

Je regarde ma main gauche, je l'ouvre en grand et j'ai l'impression que ton cœur y bat à l'intérieur, ton cœur bat au creux de ma main !

Je me désigne délibérément responsable de ton état de santé, je suis celle qui t'a donné la vie et celle qui va de nouveau te l'offrir, ton sort dépend de moi.

Je m'inflige avec volupté cette responsabilité.

Je deviens la gardienne de ton sommeil, la gardienne de tes rêves, la gardienne du « box 7 ».

Des phares éclairent la nuit, le bruit d'une voiture qui s'arrête, des voix, me sortent de ma torpeur, toujours assise sur ces marches, face à ces arbres, cet horizon, puis toi…

J'entends la voix de Gianni, je me retourne vers lui les yeux larmoyants, nos regards se croisent, puis calmement, il prend plusieurs personnes dans ses bras.

Je me lève péniblement, je m'approche et me blottis contre lui.

Il me serre fort, très fort… : c'est la force de l'espoir qu'il nous communique.

Je ne pleure pas, je me dégage de cette étreinte.

Ses traits sont tirés.

Il n'aura pas pu te voir ce premier jour.

Je retourne doucement vers le seul lieu qui m'apaise, je m'assois à nouveau, j'allume une autre cigarette, encore…

Il vient s'asseoir à côté de moi, nous fumons en silence.

Je regarde au loin, il égare son regard, sans but, scrute au loin dans l'espoir d'une réponse… c'est la même direction que moi…

Puis il prend la parole dans un débit rapide, comme pour ne pas s'interrompre lui-même, il ne prononce qu'une phrase, qui durant tout cet enfer restera gravée en moi sans conviction aucune :

— Regarde-moi, je ne t'ai jamais menti dans les moments difficiles ; alors encore aujourd'hui je vais te le dire comme parfois je promettais ; notre fils ne partira pas, je le sais, crois en moi et mon ressenti…!

Il tourne la tête et ses yeux s'évadent encore, au loin, devant lui…

Je ne dis rien, mais je me tourne vers lui et dans un ultime effort et d'une petite voix faible je lui souffle un « *oui* ».

À partir de ce moment, ta sœur va être un peu plus rassurée au milieu de sa mère et son père.

Nous allons la protéger avec férocité, pour mieux t'entourer, nous allons la chérir plus que jamais pour qu'elle soit forte pour son bien-être, mais également pour qu'elle puise en elle la force qui rejaillira sur toi.

Vous êtes si semblables !

Cette première nuit si loin et si proche de toi, sera glaciale, la plus glaciale de toute ma vie !

Le froid s'accentue, je pleure de nouveau, sans cesse, nous fumons toutes et tous, cigarette sur cigarette, certains vont dormir dans la voiture, d'autres dans un lit, nous, nous allons dormir par terre.

Les somnifères n'agissent pas, je tombe de sommeil, je vacille, j'aimerais dormir, mais le sommeil ne me gagne pas.

Je ferme les yeux, je te revois, branché, mourant.

Il paraît que durant des instants de microsommeils je pleure, je crie…

Nous sommes gelés, le froid et l'effroi nous dévorent de leurs instincts carnassiers.

Je décide de chercher à l'aveugle dans l'obscurité des serviettes, des pulls, n'importe quoi, même de la paille : je prends ! Greloter est insupportable et je veux installer ta petite sœur, qu'elle puisse, enfin, s'allonger et dormir.

Bien couverte et un peu rassurée, nous la regardons se détendre peu à peu. Drapée dans sa beauté insolente, épuisée, toute pâle et minuscule sur sa couche improvisée, elle s'endort.

D'un signe de tête nous nous levons, car au sol, nos courbatures dorsales se sont réveillées et sont insoutenables ! Nous sortons sur la terrasse fumer une cigarette. Nous remarquons que d'autres en font autant. Personne ne peut dormir !

Je n'arrive plus vraiment à réfléchir, mon cerveau est comme mort, tout va trop vite et ma peur est omniprésente. Je suis pétrifiée.

Toi, mon enfant qui riait quelques jours auparavant au téléphone, toi mon enfant ne pars pas… je ne pourrais y survivre…

Mon corps est présent avec les autres, mon esprit vagabonde seul, des années plus tôt, toi enfant, tout défile devant mes yeux absorbés par le vertige du vide, je continue à prier, je prie de toutes mes forces.

Lorsque je parle, je balbutie, j'ai l'air d'une pauvre folle, hagarde, les yeux souvent dans sa propre brume, je souris machinalement en retour d'un sourire.

Je ne voudrais qu'une chose… : être assise à côté de toi et te parler, voire même te supplier en te tenant la main.

Je ne peux exprimer ce que mon ventre subit, il hurle, comme moi en silence.

Mon humeur est clairement changeante, je passe des larmes aux rires, et des rires aux larmes.

Je replonge dans la stupeur, l'effroi et la peur qui vont devenir les seules sensations qui m'habiteront et me seront familières.

Peur, effrayée, peur, effondrée, peur, affolée, peur…

Je me demande sans cesse, pourquoi ?

Si j'osais crier « ***POURQUOI ?!?*** » Cela me soulagerait…

Le même pourquoi, qu'égoïstement, j'aimerais lire un jour dans tes yeux, peut-être que tu me fixeras et que je comprendrai immédiatement ta supplication : « *maman, pourquoi ?* ». Jamais je n'aurai la réponse, comme jamais je ne pourrai vivre tout à fait comme avant.

Tu sais, Trésor, cette vie que nous vivons si simplement, parfois un peu difficile, cette vie, la nôtre… était la plus belle, même parfois si rude, sans saveur… mais si belle, aussi…

Belle comme te regarder grandir, sourire, rire.

Belle comme tes blagues qui souvent ne font rire que ta sœur et moi.

Belle comme l'amour que tu lui portes.

Belle comme ta sœur peut t'aimer tout simplement.

Comme le jour où tu es venu au monde, si petit et si fragile comme tu l'es en ce moment.

Mon esprit déborde, abonde, est comble de toi, c'est si bon de n'être qu'avec toi : mon fils.

Cela aura été une nuit implacable de douleur, une nuit à pleurer, à se torturer, une nuit à supplier, espérer, une nuit à prier, attendre la sentence finale, comme beaucoup d'autres qui vont suivre.

Je t'écris, car c'est le seul moyen de hurler mon silence.

Un jour ou une nuit, une personne m'a dit : « l'espoir donne la volonté de vivre ».

Cet été meurtrier je vais essayer de l'affronter, essayer de croire, de manger, de rire à nouveau, à ta place.

D'être une bonne maman pour toi, mais également pour ta sœur qui perd pied, qui essaie comme à son habitude de faire face et de me soutenir alors que sa douleur est tout autant intense que la mienne.

Désormais, nous allons avancer main dans la main pour te faire honneur, pour soutenir ton retour.

Des rêves, nous en avions, des rêves nous en avons et des rêves nous en aurons. Nous allons essayer de nous en approcher au mieux et de les lancer devant afin qu'ils guident nos pas hésitants en ne les perdant jamais du regard afin que l'on puisse les poursuivre auprès de toi.

Nous faisons de toi, le gros de toutes nos pensées comme Oscar Wilde disait l'importance d'avoir en soi de grands rêves pour jamais ne les perdre de vue quand on les poursuit ! De toute façon, te perdre, n'est pas concevable !

C'est si difficile d'être réellement compris dans ces moments délicats et douloureux qui n'appartiennent qu'à nous et qui vont nous façonner.

À ce moment précis j'aurais tant besoin d'entendre la voix de ma mère chérie, de lui parler… hélas, elle est là sans vraiment l'être.

Pouvoir lui téléphoner, pour lui dire ce que je ressens, mais cela ne ferait que l'embrouiller encore un peu plus.

Et ma famille ! Où est-elle *ma famille* ? Quelle famille d'ailleurs ?

Je réfléchis, dois-je prévenir des gens qui me sont devenus de véritables inconnus, des gens qui ne font plus partie de moi, de nous, des étrangers qui, je le sais, ne seront pas à la hauteur de nos espérances, qui ne sauront pas nous réconforter ni nous donner l'amour nécessaire pour nous rendre plus forts.

Ni bienveillants, et encore moins présents.

Toute cette nuit où j'ai craché ma souffrance, seule, que bien rares sont ceux qui peuvent comprendre. Des cris intimes, tels des feux qui se seraient échappés de ma fournaise glacée intérieure… qui ne réparera, ni ne reconstituera pas mon esprit fatigué.

Je ne pourrais guérir de ces blessures profondes, mais je vais apprendre à vivre à leur côté.

Boris Vian a dit :

« Je voudrais que tu sois là, que tu frappes à la porte et tu me dirais c'est moi, devine ce que je t'apporte ? Et tu m'apporterais, toi ».

Juste toi.

Mes larmes deviennent quasiment invisibles, elles coulent à l'intérieur, ce sont les plus difficiles à sécher.

Je vais essayer d'être forte, car je suis faible ;

Je vais essayer d'être sage, car j'ai été stupide ;

Je vais essayer d'être reconnaissante pour ne pas subir l'horreur ;

Je vais essayer de sourire, car je suis triste ;

Je vais essayer d'aimer avec attention, car je suis dans un chagrin profond ;

Je vais essayer de chérir chaque instant les êtres que j'aime, car je ne veux plus vivre la perte, *ta perte* ;

Je vais essayer de vivre au jour le jour avec espérance, car demain ne sera pas promesse.

Le jour s'est levé rapidement. Ton ex appelle l'hôpital. Elle est au bout du jardin. Je la regarde. Je scrute chacune de ses expressions. Je suis comme suspendue à un fil, elle raccroche. Elle dit que tu as passé la nuit et que ton état est stationnaire.

Tu dors mon amour, le jour s'est levé, nous allons devoir partir d'ici, où j'avais réussi à me créer des repères.

Nous allons devoir chercher de quoi nous loger, lâchés dans la jungle, puis attendre les heures des visites. Toi, tu dors mon fils…

JOUR 2

« L'absence est le plus grand des maux. »

Jean de La Fontaine
Les Deux Pigeons, en Fables, 1678.

Nous sommes tous épuisés, rompus, sales, errants, sans envie.

Nous allons partir d'ici, nous séparer, nous dispatcher.

Ce petit noyau que nous avons réussi à créer va se dissoudre.

Je suis au bord du vide, sur un fil invisible, au cœur de la civilisation, au centre de cette ville où ton ami nous a déposés.

Je suis affolée.

Le calme a fait place au bruit strident des voitures, des gens qui parlent fort, qui vivent et qui parlent fort, trop fort à mon goût.

Je suis agressée, mon esprit n'arrive plus à vagabonder.

Nous sommes sur une place, je me demande où je suis ; perdue sans aucun doute.

Mon cœur est énorme comme le reste de tout mon corps, dont j'aimerais m'extirper pour retrouver une certaine légèreté.

Ta sœur et votre père partent à la recherche d'un logis et de nourriture ; moi je ne peux autant marcher, je reste donc sur cette place avec les bagages.

Je regarde promptement autour de moi. Désormais, seule, j'aperçois un mini jardin d'enfants où il y a des petits comme des plus grands qui jouent, qui rient, qui courent, sous le regard de leurs parents que j'entends au loin dans mon esprit extrêmement embué.

Ils crient souvent sur leur progéniture, cela me semble intolérable, fou même ! J'aimerais leur dire de prendre leurs enfants dans leurs bras, de les sentir, de mieux les comprendre, de prendre soin d'eux, de leur dire à quel point ils les aiment.

De ne plus crier.

De profiter.

Je les envie, j'aimerais être à leur place, car mon fils, à moi, lui, lutte pour vivre.

Cela me ramène des années plus tôt, je te revoie toi aussi, mon amour, courir, crier et rire.

En équilibre, au bord du vide, sur ce même fil invisible, plus que jamais j'ai envie de sauter en hurlant que je t'aime.

À cet instant précis, du plus loin que je me souvienne, je n'ai plus jamais vu, ni les choses, ni les êtres de la même façon, ni de la même intensité.

Le vide m'implore, j'implore le fil de plier sous mon poids et enfin tomber, en finir. Désespérée, sans la moindre envie de me retenir.

Mon téléphone, toujours au fond de ma poche, sonne, je ne réponds toujours pas j'en suis incapable. Je voudrais être déconnectée, prisonnière de mon moi et en perdre la clef.

Je suis la seule à me comprendre, cela me fait du bien, car je n'ai pas à donner d'explications rationnelles.

J'attends, sagement…

J'attends, sans aucune notion de temps, j'attends et je ne sais plus quoi ni qui.

Seul ton visage me hante.

Comment survivre à cela ? Je pense à tes amis d'enfance qui ne sont plus là, à lui… à elle… à leurs familles, à leurs mamans, ma peine est si lourde, je perds l'équilibre, je dois m'asseoir précipitamment sur notre vieux sac noir posé à terre, en vacillant encore. Mes prières volent auprès de toi et rejoignent également leur âme qui repose.

Les passants me regardent, ils regardent une femme assise sur un vieux sac de voyage, une femme usée, sale, mal habillée perdue dans ses pensées morbides et qui sue sa misère sous ce soleil torride.

Pour la première fois de ma vie, cela m'est égal pourtant, je suis certaine que si je me laissais à tendre la main, certains me donneraient peut-être une pièce, avec empathie. Je sens que ce que j'ai à leur offrir, moi, est tellement désolant !

Les larmes reviennent sans prévenir mes yeux. De nouveau, je suis secouée comme une vieille poupée de chiffon, les sanglots m'envahissent, devant le monde qui, sans vergogne pour certains, me contemplent, m'examinent comme une attraction !

Le vide et le fil invisible ont disparu, laissant place à l'asphalte brûlant qui chauffe mon corps désespéré et mon âme fracassée.

Je réalise que je vais devoir te voir uniquement deux fois par jour au « box 7 » que je vais devoir attendre et attendre encore de pouvoir juste tenir ta petite main inerte et effleurer ton front, je réalise que je ne suis plus vraiment ta maman-contrôle, mais ta maman-visiteuse, qui viendra te parler, te rassurer, te réconforter, t'apaiser… je réalise que je veux bien être ce qu'on veut si on me laisse te voir, poser la main sur toi et entendre ta respiration.

Je réalise que je vais devoir dorénavant compter les heures, les jours (car les secondes sont des semaines en pareilles circonstances) qui me séparent de toi avant que l'on m'octroie le droit de toucher ta peau.

Ce qui me paraît le plus fou, c'est juste que je ne peux contrer ces décisions, mais seulement m'y plier, comme un vieux saule pleureur, qui a renoncé, afin d'accéder au privilège de pouvoir te regarder, te raconter l'extérieur vers lequel je veux pouvoir te conduire, lui et son soleil…

Je t'écris pour ne pas oublier, pour ne pas t'oublier… *ridicule… …! … Comment pourrait-on oublier un tatouage qu'on a gravé en soi… ?*

… Au loin, je les vois qui reviennent… ils sont chargés et m'annoncent fièrement qu'ils ont trouvé un hôtel, non loin d'ici, où nous pourrons séjourner quelque temps, avant de trouver un appartement.

La chaleur est accablante, encore un peu plus…! Nous sommes de plus en plus sales, épuisés, mais malgré cela, nous avançons, chargés, de vraies mules ! Jusqu'à cet hôtel où on a libéré, rien que pour nous, une petite chambre, déjà pour une première nuit.

Enfin nous pouvons nous décharger de ces sacs qui constituent notre monde, tous nos biens actuels. Nous pouvons nous doucher, nous changer et nous reposer un instant.

Nos batteries un peu rechargées, nous partons en centre-ville dans le seul objectif : acheter le journal local.

Nous l'avons. Je n'ose pas le prendre dans mes mains ni le lire. Je laisse votre père et ta sœur le parcourir.

Emma détourne très rapidement les yeux, Gianni ne va pas non plus jusqu'au bout de la lecture.

Il me le tend, je jette un œil et je vois des images terrifiantes et un long texte très subjectif et truffé d'erreurs, qui me laissent stupéfaite. Je suis en pétard, je fulmine contre tous ces baveux avide de scoops, de sensationnel, qui se repaissent sans la moindre vérification de leurs sources, de n'importe quel mensonge vendeur, n'importe quelle calomnie alléchante.

Quel métier ! Le mensonge est sans doute aussi le sel local…!

Ce papier sera, toutefois, après t'avoir vu, la seconde preuve tangible et concrète que cela est bien arrivé. J'avoue que mon esprit ébranlé et chaotique a plusieurs fois tenté l'impossible pour s'en dissuader.

Lors de cette brève lecture je vais souvent baisser les yeux, regarder mes pieds, puis y retourner pour enfin abandonner, c'est trop difficile.

C'est à ce moment que votre oncle, Ricardo, décide qu'il ne restera pas, nous ne comprenons pas, mais respectons sa décision. Il va prendre un taxi en direction de l'aéroport.

Nous nous retrouvons tous les trois, nous ne savons toujours pas où se trouvent ton ex et les deux autres personnes qui l'accompagnent.

Nous nous dirigeons naturellement vers un petit bar de quartier nous désaltérer en attendant le moment, *exquis et affreux,* de pouvoir poser les yeux sur toi.

Nous parlons peu, le choc des photos et des mots posés, ton nom, ton prénom, leurs noms, leurs prénoms, tout est là. C'est une réalité puissante à accepter de nouveau… elle nous ronge les entrailles d'une force encore décuplée qui me fait chavirer crescendo.

Chacun d'entre nous 3 scrute toujours un des autres, c'est notre façon à nous pour savoir si nous tenons le coup.

Nous n'avons pas grand-chose à dire si ce n'est *« au secours ! »*.

Je prends la difficile décision de prévenir une personne de ma pseudo famille, afin qu'ils sachent.

Je choisis la sœur de ma mère.

Elle ne répond pas. Je laisse un message dans lequel les sanglots reviennent.

Le simple fait de prononcer ces mots, toujours les mêmes, me replonge toujours plus bas.

Un peu plus tard, elle me rappelle en me disant qu'elle est en Bretagne, en vacances certainement, et qu'elle n'a pas compris mon message. Je marque une pause et dans un élan de courage je tente de lui expliquer.

Elle ne dit pas grand-chose, peut-être est-elle choquée ou peut-être pas, car… : je n'aurai plus aucune nouvelle de sa part.

Bien plus tard, durant ce séjour maudit, je recevrai un ou deux messages écrits de sa fille et un appel de son fils.

Le reste de ma chère famille restera muette.

Ils sortent une seconde fois de ma vie et de mon cœur, pour une durée illimitée et sans aucun retour possible. Je me demande encore… comment on peut avoir si peu de chaleur à donner aux siens, notamment quand ils se trouvent dans la peine ?

Ils deviennent de parfaits étrangers, des inconnus, des êtres transparents.

Le temps ne passe pas si vite. Nous retournons une petite heure à l'hôtel nous reposer.

L'attente est longue, trop longue.

Nos estomacs vides ne réclament toujours pas.

Votre père est dans un état particulier et différent du nôtre. Au fond de ses yeux, si verts ! Quasiment translucides, je lis la peur et l'angoisse. Il ne t'a pas encore vu et les questions se bousculent dans sa tête.

À peu près dans le même état que lui, nous prenons néanmoins le temps de lui expliquer encore, l'état dans lequel tu te trouves, comment cela se déroule, nous essayons de l'entourer pour ressourcer sa force.

Orso, arrive nous chercher à l'hôtel. Il se débrouille pour jongler entre son travail fatigant et nous, comme il le fera bien des fois sans ne jamais se plaindre.

Nous partons pour le « box 7 ».

Je me souviens que je me refuse le droit de regarder autour de moi, comme lorsque nous sommes arrivés.

Je ne veux pas voir la mer, je ne veux pas voir de jolis paysages, je ne veux pas, je voudrais que tout soit moche et que tout s'arrête.

Je regarde devant, les yeux dans le vide, le même mur qu'auparavant se dresse à nouveau devant moi, une sorte de pièce *à l'aveugle*...

La voiture nous mène jusqu'à toi.

Ton ex et ceux qui l'accompagnent sont déjà sur place.

Ils ont, eux aussi, trouvé un endroit où se loger.

Ils sont assis sur un banc en bois, côté Urgences, face au « box 7 ».

Ce banc si important, d'ailleurs, élu : *notre banc !*

Je l'aime bien ce banc... il accueille généreusement... mes angoisses, mes peines, mes cris, ma douleur, mes tourments et tout le poids de mon si douloureux malheur...

Ils nous sourient timidement. Ton ex, elle, nous prend dans ses bras.

Pour la première fois depuis « vous », je la découvre.

Je regarde son sachet de bonbons qu'elle tient du bout de ses doigts si fins. J'y aperçois ceux que tu aimes tant. Je m'éloigne révulsée par des nausées, toutes issues d'une surabondance de souvenirs, c'est un comble ! Moi qui aime tant les bonbons !

C'est si étrange les souvenirs... parfois si délicieux... parfois si vicieux.

Je me tourne vers le « box 7 » que l'on peut apercevoir de loin, de grandes fenêtres, avec un store quasiment baissé qui laisse entrevoir une faible lueur. C'est là qu'est ma vie, ma vie et ses tuyaux pour respirer…

Je regarde l'heure.

Notre quotidien ressemblera désormais à ce jour-ci, ce banc, ces visages et l'attente de te regarder survivre.

Ma voix a perdu son cœur et mon cœur a perdu la sienne, j'en prends pour perpétuité…

Je suis une condamnée qui attend « la sentence », libre, mais attachée à une chaîne qui me relie à toi, parfois livrée à ma propre mort, dans les couloirs étroits de mon sort.

Encore ce banc où ils me font de la place, notre banc, puis les horaires, toujours les mêmes durant lesquels nous devons nous partager les visites à quatre personnes pendant une demi-heure par deux, parfois avec ton ex, parfois avec Orso, mais le plus souvent en ce qui me concerne, avec Emma ou Gianni.

Victor Hugo a dit :

« Les bras des mères sont faits de tendresse. Les enfants y dorment profondément ».

J'aimerais que cette couche qui t'accueille soit mes bras, afin que tu y dormes profondément et que tu te réveilles doucement contre mon sein.

Je remarque que votre père est dans ses pensées. Je m'approche de lui, pose ma main sur la sienne. Il m'explique que ses sentiments sont confus, ambivalents, pris entre 2 feux puissants qui s'opposent : l'envie incommensurable de te voir, de te toucher, te parler et l'angoisse d'affronter cette réalité obsédante qui est désormais la nôtre.

Il se met souvent à l'écart.

Emma, pâle comme jamais, assise sur le banc, regarde autour d'elle, comme à la recherche d'un quelque part, d'un quelque chose pour accrocher son regard, une branche où le faire reposer… enfin.

Je me souviens bien de cet instant, car je la regardais fixement et que précisément, au fond de moi je me disais qu'elle était d'un courage exemplaire… être ici, à 18 ans, attendre de voir son frère inerte sans savoir s'il va vivre et afficher ce calme, relève de l'exploit.

Elle regarde les autres puis me regarde, me sourit à chaque fois, privilégiant toujours le fait que je puisse m'asseoir.

À cet instant ma peine est double voire plus : j'ai la triste, mais bien réelle sensation que ma fille chérie porte un peu trop lourd sur ses épaules, qu'elle ne sera plus la même jeune fille, je le sais, nous le savons.

Notre vie va fouler un autre couloir, notre vie va suivre un autre chemin. Pas le chemin boisé aux senteurs fraîches dont nous rêvions tous, mais un autre, hostile, dont nous ne connaissons pas l'issue finale.

Treize heures trente, nous nous dirigeons à quatre vers la salle d'attente, la peur ne me quitte pas, elle a pris possession de ma ceinture abdominale. Je t'ai pourtant vu la veille, mais vais-je supporter à nouveau ? Vais-je pouvoir avancer ? Pourtant je vais avancer et je vais te regarder.

Ce jour-là, je serai avec votre père, votre père qui avance et qui pleure peu. Là, il reste fort et devant toi, dans des sanglots muets, il te dit dans un souffle combien il t'aime.

Je le regarde, admirative. Tout en te tenant la main, de nouveau je le vois fort devant ton petit corps sans vie. Il te parle, te caresse le front. Il me regarde les yeux presque implorants. Je connais cette première impression horrible de la découverte de son enfant sans vie, pour en avoir vécu l'affront existentiel quelques heures plutôt. Mais, complètement confuse, je ne lui suis d'aucun secours.

Je découvre les dégâts sur ton si joli visage, je ne peux m'en détacher. Mon attention est hypnotisée ! À la fois, c'est une infamie du sort, à la fois, je sens en moi que ça amplifie mon appétit de te reconstruire, de t'aider dans ce long processus. Reviens-moi ! Reviens-nous !

La veille, je n'y avais pas vraiment fait attention, prisonnière et enkystée entre cette scène avec *Cruella*, la vilaine toubib ; la folie de cet instant qui se renouvelle à chacune de nos arrivées à l'hôpital et le bonheur sombre de pouvoir te voir, mais là cela devient une priorité.

Au jour 2, à la visite de treize heures trente, j'examine tout, je soulève, même le pansement posé sur ton nez, je vois justement que tu n'as plus vraiment de nez, mais je ne dis rien, je regarde également comment ils ont trouvé le moyen de faire tenir tes mâchoires, je vois, mais je ne dis toujours rien.

J'assimile péniblement… jusqu'où ces constatations me mèneront-elles ?! *Que vais-je découvrir encore…!? Quelle autre sordide découverte nous auront-ils laissée !?* Je me sens de moins en moins préparée… je sens que mes nerfs donnent le maximum pour me garantir encore une certaine maîtrise chancelante de moi-même.

Même si je réalise réellement l'état gravissime dans lequel tu te trouves, intérieurement et extérieurement. La seule chose que j'implore, c'est que tu reviennes parmi nous, que tu sortes de ce sommeil profond, que tous ces branchements ne soient plus nécessaires et que tu vives !

Serait-ce les effluves apaisants qui s'échappent des tuyaux qui m'enivrent au « box 7 » ou le doux souvenir de ton sourire qui m'émeut encore maintenant ? Mais je ne vois pas le temps passer !

L'horloge nous rappelle à l'ordre : elle nous nargue avec insolence, vice et barbarie. Ses aiguilles avancent vite très vite, plus vite que les autres ! Les visites sont terminées : par moitié, nous cédons la place aux autres et sortons.

Nous sommes toutes et tous vidés.

Nous décidons de rester là, au plus près de toi, sur notre banc, devant les fenêtres du « box 7 ». Il fait chaud, très chaud.

Gianni rentre se reposer, rompu par un voyage harassant, où il était seul et apeuré.

Nous, nous parlons de toi, parfois je sens un rire tout au fond de moi refaire surface, il réussit à s'échapper par la trappe ouverte de ma bouche orpheline, lorsque je perçois des faits, des anecdotes drôles te concernant.

Cela m'étonne infiniment, pourtant un rire a émergé. Si ! …

Cela ne me soulage pas le moins du monde, après ce rire fugace indépendant de ma volonté, je suis triste. Tout me déstabilise, je ne comprends plus rien de mon état, de mon fonctionnement…

Les heures se traînent, je fume dans l'herbe dans le périmètre du parc environnant qui t'entoure, j'attrape une fleur d'un petit arbre situé juste en contrebas du « box 7 ».

Certaines manies de mon enfance resurgissent comme : *si elle passe devant moi sans me regarder et au moment où je suis assise sur le banc, tu vas vivre* ou : *si l'ambulance qui arrive toutes sirènes hurlantes, se gare plutôt sur la droite des urgences que sur la gauche, tu vas vivre* et bien d'autres rites encore qui n'appartiennent qu'à moi et à mon dérèglement actuel.

Je pressens que je me suis résolument aveuglé dans ce monde, à tout ce qui ne te concerne pas.

Mes sentiments sont confus, toujours.

Je peux passer du rire, niais et futile en général, aux larmes, lourdes de désespoir.

Je ne sais plus qui je suis et je devine que la lucidité a rompu pour un bon bout de temps avec moi…

Je regarde les autres… déchargée, vide, dépourvue d'idées.

Sous cette chaleur accablante, mon corps n'est plus que poids, handicap, boulet souffreteux et pourtant, plume décharnée, à la valeur de néant… la souffrance l'a rongé, ce corps qui déplace avec si peu d'élégance sa propre image qui le répugne, qu'il abomine et dont il rêve juste de se débarrasser.

Encore égaré, encore entre le cauchemar et la réalité, encore perplexe, encore griffé par la vie, encore au bord du vide, à moitié mort, mon esprit me dicte la lutte ou l'abandon radical de moi… mon moi !

Les heures sont si longues pour cette première journée entière ici, c'est si difficile de croire encore…!

Les autres jours, nous saurons mieux les combler afin de nous efforcer de régénérer tant bien que mal un retour à une certaine forme d'apaisement.

Les heures défilent.

Votre père arrive.

Je regarde l'heure.

Il n'est pas encore l'heure.

Orso arrive.

Je regarde l'heure.

Il n'est toujours pas l'heure. Il n'est jamais l'heure !

L'heure de quoi d'ailleurs !? *C'est une question complètement idiote à laquelle je ne répondrais jamais tant c'est douloureux…!*

Toujours partagée entre l'envie de te voir et l'envie de fuir.

Dans mes pensées, le regard toujours porté au loin, une petite main se loge dans la mienne, pourtant, c'est elle qui me conduit et m'entraîne avec elle… : c'est celle de ta petite sœur, *ce doit être l'heure…*

Je la regarde, si pâle et déterminée, je lui souris bêtement comme une femme atteinte d'Alzheimer. Elle est mon guide, ma canne blanche, *ma fille.*

Ton autre « *toi* ».

Ce soir-là, nous entrons elle et moi, ensemble.

Ton état est stationnaire, ton corps est aussi inerte qu'à la visite précédente.

Nous espérons un signe de toi, mais rien ne se passe, si ce n'est le bruit des multiples machines qui te maintiennent en vie, qui ronronnent régulièrement.

Nous te prenons les mains, nous parlons fort afin que tu puisses nous entendre et nous espérons que *la lumière* t'appelle et que tu remontes auprès de nous, même à travers l'obscurité !

Mes yeux vous effleurent simultanément ta sœur et toi et je commence à chantonner une comptine qui représente beaucoup pour nous trois :

« *Monsieur chut et Madame chaussette* ». Je mets un temps de pause en scrutant Emma, qui les yeux embués de larmes épaisses et noires et la gorge serrée commence à chanter, elle aussi, je reprends avec elle la suite de cette comptine, mais les sanglots l'emportent, nous dépassent : nous nous arrêtons ensemble.

Nous décidons alors *de ne plus jamais pleurer devant toi !*

Nous trouvons cela néfaste pour tes pensées lointaines et déambulations oniriques. Nous serons fortes, gaies, nous te ferons écouter des chansons que tu aimes, nous te lirons des livres que tu apprécies, pour que de là où tu te trouves, incarcéré entre l'ici et l'ailleurs, tu entendes uniquement de jolies choses. Des appels vaillants et obstinés ! *Nos appels !*

Nous partons.

Nous nous séparons tous.

Nous nous embrassons et Orso nous ramène à l'hôtel.

Les autres, nous les reverrons, le lendemain, au même endroit, aux mêmes horaires. Notre vie est désormais régie par ses plis infroissables dont la régularité ne déroge jamais.

On pourrait croire que se laisser ainsi conduire par cette routine qui nous est imposée, facilite nos nouvelles habitudes, puisqu'il n'y a qu'elles aujourd'hui qui dirigent nos pas ? Il n'en est rien ! Au contraire, cela irrite ma colère qui rage déjà à fleur de ma peau et aiguillonne à l'extrême ma sensibilité révulsée !

L'hôtel, nous trois, fatigués.

Je cherche l'endroit le plus exigu possible et le plus éloigné, j'ai besoin de me retrouver, de rassembler du courage et de me recroqueviller dans un petit cocon, rien qu'à moi.

Votre père est de dos, ta sœur est assise en tailleur sur un lit à deux places, je les regarde.

Nous ne parlons pas, puis Emma prend la parole pour sortir une tirade à votre père qui restera gravée à jamais, une tirade improbable, mais si drôle, si fraîche que nous nous regardons tous les trois, plus unis encore que jamais...!

Et un gigantesque fou rire général nous catapulte dans les mêmes soubresauts : des convulsions bruyantes qui nous tordent de rire !

Nous sommes démantelés par cette lame de fou du rire ! Et nous rions et rions encore et encore, nous rions à nous faire péter les abdominaux, nous rions à en pleurer sans ne pouvoir plus rien contrôler !... nos nerfs se relâchent... le plus beau et inoubliable fou rire de ma vie ! Le rire... quelle force thérapeutique...! *Merci, Emma...*

Tu aurais été avec nous, tu aurais ri également à ces blagues que seuls nous quatre comprenons, mais tu dors...

Votre père grignote un peu, nous, nous n'avons toujours pas faim.

Je prends des somnifères, je m'allonge épuisée en pensant à toi.

Je sens ta sœur allongée dans le noir, dans un autre lit, tout près de moi, elle nous souhaite bonne nuit et nous dit qu'elle nous aime, nous répondons en cœur que nous aussi. *Je ne savais même pas que j'aimais aussi fort...*

Je ferme les yeux, puis, à travers la nuit, j'entends ta sœur qui grossit sa voix : *« Ichline ! »* avec un fort accent allemand, le rire encore dans la gorge.

Elle précise que cela ne veut rien dire à sa connaissance, mais que cela lui est venu spontanément et que ce sera, désormais, notre bonne nuit jusqu'à ton réveil.

Je m'exécute dans un dernier effort : *« Ichline ! ».* C'est ainsi que, chaque soir désormais, nous nous souhaiterons tous les trois, à l'unisson, la bonne nuit.

JOUR 3

Si l'amour a ses pleurs, la haine a des tourments.

Marceline Desbordes-Valmore
Le Retour à Bordeaux, 1825

Le jour se lève. J'ouvre les yeux. Mon regard fait rapidement le tour de cette petite chambre et je me souviens ce que je vis, les larmes et mon mal de ventre resurgissent instantanément, la réalité est omniprésente.

Après deux journées sans me sustenter je ne ressens toujours pas la faim, mon estomac, en revanche, hurle en silence… exactement comme moi.

Il faut que j'avale quelque chose pour tenir debout, doucement et petit à petit.

J'avale donc un truc et un sentiment d'une incroyable culpabilité m'envahit.

Un peu comme ces paysages que je refuse de regarder, la nourriture fera également partie des choses qui me rappellent sans cesse où tu es… où tu n'es pas.

Formatés, livrés à ces horaires, nous nous préparons implicitement sans concertation.

Nous devons changer de chambre durant cette période estivale.

Déjà très heureux d'avoir trouvé un logis, la direction nous cède une suite, le grand luxe, la classe !... dont on se fout royalement.

Mais c'est très sympa de leur part ; ils sont très sympathiques, ici, dans cet hôtel.

Merci de leur bienveillance que je salue encore !

Pendant ce temps Joséphine, votre belle-mère, nous cherche une location depuis Paris, chose quasiment impossible. À aucun moment l'hôpital ne nous proposera un logement social auquel nous avons droit. Nous le découvrirons, seuls, et beaucoup plus tard, beaucoup trop tard !

Nous déménageons d'une chambre à cette superbe suite. Nous nous apprêtons rapidement et Orso vient nous chercher pour nous accompagner.

De nouveau, ton ex et ceux qui l'accompagnent ; leurs bouilles et... ce banc.

Toujours ces mêmes visages blafards, mais si rassurants qui font du bien à l'âme autant qu'au cœur.

Des accolades, des baisers, des mots doux.

Ce jour-là, ton patron et deux amis du staff, Alexis et Amir arrivent ; les places sont précieuses, seul Amir pourra te voir, c'est celui qui a fait le voyage avec vous pour venir travailler à tes côtés. Alexis pleure sans cesse, assis *en accordéon* au sol, comme écrasé sur lui-même !

Je ne le connais pas, pourtant je prends l'initiative d'aller lui parler et de trouver la force de le consoler.

J'imagine sa peine doublée : perdre un ami et avoir peur d'en perdre un second !

J'évince ton patron. Pourtant je voudrais lui parler, lui crier des mots décousus, hurler en plantant mon regard dans le sien si noir, néanmoins je ne fais que lui murmurer ton état critique.

Puis, tout va très vite, je suis auprès de toi, je suis assiégée, rongée, criblée de doutes, d'incertitudes.

Je suis dans la brume et la brume me submerge et m'étouffe.

J'abaisse mes larmes, je baisse les armes.

Je te souris. Me vois-tu, mon ange ?

Je te parle de tout et de rien, je veux être présente dans tous les recoins de ton monde, là où tu erres sans nous, et te ramener avec moi, par la peau du dos, s'il le faut ! Je te masse les jambes qui me semblent gonflées, je te caresse le visage avec une infinie douceur, du bout des doigts afin de ne pas te faire plus mal.

Je regarde autour de moi, je cherche un ange *qui pourrait m'apporter* sa lumière… et me souffler enfin comment faire… pour que sans tarder, elle éclaire… ton sinueux chemin de retour, vers… là où on t'attend, ta sœur attend son frère… des ténèbres, pour le jour clair… *qui pourrait m'apporter* de son étoile magique, la poussière… dont je *couvrirais ton corps,* ton « toi » tout entier, pour te donner de la force, et tu retrouveras, pour te mener à nous, ce chemin, dont tu reconnaîtras nos pierres…

Je l'attends… aucun ange ne vient à moi ... *eux aussi ont le droit de s'autoriser quelque récréation, quelque sommeil après tout... l'indulgence... la clémence... ça marche seulement s'il y a deux sens...*

Je me replie de nouveau, dans le silence, là où j'entends le mieux *les* réponses pour que mon cerveau ne bouffe pas ses propres entrailles.

Je ne fuis pas, je m'isole.

Je ne fuis pas, je te cajole.

L'isolement me permet de mieux me ressourcer afin de te communiquer cette si minuscule foi, qui grandit un peu plus, chaque jour qui passe.

Tes yeux ont un peu dégonflé.

Je te regarde dormir.

L'horloge travaille comme à son habitude et nous commande de partir, de te quitter, encore et sans cesse.

Je peste, j'embrasse la vitre du « box 7 » après t'avoir baisé le front et je sors.

« Mais la vie sépare ceux qui s'aiment »...

Jacques Prévert.

Cette fois-ci, nous quittons directement l'hôpital ; un peu las de cet environnement morbide.

Emma préfère rester devant avec les autres, cela la change de pouvoir rester en compagnie de jeunes gens. Je suis heureuse qu'elle lâche un peu prise, qu'elle me lâche la main pour un instant, un moment qui n'appartiendra qu'à elle.

Avec votre père, nous allons faire quelques courses. Perdus au milieu de la frénésie des soldes, nous achetons de quoi nous sustenter.

Nous en profitons pour repérer les horaires fixes des bus qui montent jusqu'à toi.

Je rentre dans une boutique. Il y a foule ! Je ne regarde personne, je prends quelques habits pour ta sœur et moi.

Une de tes amies, Elvi, bouleversée par ce drame, viendra te voir dans quelques jours et nous remettra quelques effets personnels. Elle aura choisi cette destination précise pour cette raison : avoir le privilège de pouvoir t'approcher.

Nous n'avons quasiment rien : parties si précipitamment ! Et il fait une chaleur torride !

Nous commençons à prendre nos marques.

Nous reconnaissons certains endroits.

Reprendre « pied » me fait culpabiliser…! *Cette culpabilité… qui ne me lâche pas… qui me lancine, me supplicie plus que jamais…!*

… Et elle m'avise que… notre souffrance est omniprésente… elle nous bouffe de l'intérieur…

Toujours les mêmes questions… dont : à quel moment reverrai-je tes magnifiques yeux verts ?

À quel instant entendrai-je de nouveau ta voix, ton rire, tes *conneries* si drôles ?

J'ai de plus en plus de mal à me déplacer, mon cœur est en grande souffrance, mes pieds gonflent, je suis de plus en plus essoufflée, je ne veux pas y penser, je constate juste que cela va devenir un grand problème, une vraie entrave à nos déplacements, un véritable obstacle à notre fonctionnement, pourtant réduit à sortir pour aller te voir et rentrer pour refaire la même chose le lendemain !

Néanmoins j'avance et j'avancerai ! Jusqu'au néant s'il le faut, afin que tu te réveilles !

Nos portables sonnent toujours autant. Les réseaux sociaux sont en effervescence et pullulent de mensonges et d'inventions vous concernant, te concernant. C'est insupportable !!

Je réponds de moins en moins et nous fermons nos comptes.

Aujourd'hui, notre minuscule étroite fenêtre *Espace-temps* a défilé rapidement : nous repartons déjà auprès de toi.

Arrivés difficilement, nous *les* apercevons sur *notre* banc.

Je les regarde et leur adresse un sourire.

Combien de sourires aurais-je faits machinalement ?

C'est le Championnat d'Europe 2012 de football. Votre père, durant les visites, te le commente.

Tu sembles te mouvoir, c'est à peine perceptible, pourtant c'est la sensation que je ressens, comme pour me dire : « *Maman je suis là ! Ne t'arrête pas en chemin ! Continue ton travail de fourmi, je t'entends, maman ! Je suis là... j'arrive !* »

Ultime espoir auquel je m'accroche sans ne jamais savoir si c'est réel ou bien le fruit de mon imagination.

Ton pronostic vital est toujours engagé, mais ton hématome cérébral diminue lentement.

Le médecin finit son allocution rodée et puis… scrute nos réactions… nos émotions…

Sans le savoir, ces mots me giflent de leurs scintillements et me réveillent de ma lancinante torpeur. Ce type et sa blouse blanche viennent de m'injecter la vie, comme ça ! Brutalement ! C'est violent !… ça secoue !

Il vient aussi, tout innocemment – comble de chance ! – de déverser, à mes pieds un océan scintillant de bonheur sur lequel je marche avec une nouvelle aisance insoupçonnée. Je m'entends rire de l'intérieur !

Même si à aucun moment il ne nous donnera de véritables raisons d'espérer, même s'il répondra à chaque interrogation d'une manière évasive, il restera agréable, et constructif !

Il restera, en revanche, prudent. Le personnel soignant sera aussi de plus en plus proche de nous et nous glissera, quand les machines auront enregistré un certain *mieux*, de petites informations.

Merci à eux !

Moi, je m'accroche juste au fait que tu t'accroches aussi, vraisemblablement, et que chaque jour qui passe sans que tu ne partes, est un jour béni du ciel.

Il faut de nouveau t'abandonner, rite oblige ! Je t'embrasse, je te dis combien je t'aime et je colle ma bouche sur la vitre du « box 7 ». Rite auquel je ne pourrai, à l'avenir, déroger !

Ce soir-là, nous essayons de parler de tout et de rien, nous mangeons, enfin…

Comment est-ce possible ?

J'ai faim…!

C'est une dernière nuit à l'hôtel. Demain nous pourrons nous installer dans une location, grâce à Joséphine.

Encore un changement qui va me bouleverser !

Demain… j'ai beaucoup de mal à prononcer ce simple mot : *demain !* Il regorge de tellement d'incertitudes…!

Mais avant, il y a cette nuit…

Ces nuits où tu es seul, loin de nous, dans tes songes aux profondeurs étrangères, lointaines, inconnues, tes remous intimidants… déconcertants…

La souffrance me laboure, me révolutionne… fait de moi de la charpie !

Les jours qui passent ne l'altèrent nullement… je remarque souvent qu'ils semblent au contraire… l'entretenir… avec une efficacité… enviable…!

Je pense à nos *deux anges,* partis cette nuit-là…

Je pense à leur famille…

Je suis à terre…

Je suis une autre…

Une partie de moi est partie à jamais… quelque part, rejoindre tes profondeurs exquises… je ne sais où, et sans doute, ne la retrouverai-je jamais, vraiment… je ne serai plus jamais la même femme…

Une autre, très certainement, qui sera toujours un peu plus dans ses pensées et de moins en moins connectée au monde réel. *Il y a un autre monde, là-bas…*

Je voudrais tant, parfois, dormir et ne plus me réveiller pour ne plus avoir à affronter cette situation, ce présent, au regard brutal, arrogant… qui cherche à me faire réagir… je l'ai contourné, jusque-là…

Je deviens lâche, une lâche, pétrie de fausses croyances prêtes à tout… de prières zélées, les yeux souvent dans le vide ou levés vers le ciel, implorant l'intense inaccessible… que de là-haut, *il* ait pitié de nous !

Ce que je veux c'est toi ! Mon fils, Diego…

Je veux te donner des ailes, je veux te dédier une citation *du Dalaï-Lama :*

« Donne des ailes à qui tu aimes, des ailes pour voler, des racines pour revenir et des raisons pour rester. ».

Reviens-nous ! Tu as les raisons valables pour rester, les raisons au fond de ton cœur qui te guident.

Reste avec nous ! Ne nous laisse pas devant la consternation de devoir nous résigner à t'oublier. Tu sais pertinemment que c'est au-dessus de nos forces : nous n'y parviendrons jamais !

Parfois, je ne sais plus comment expliquer sans blesser, que je ne suis plus capable de sortir l'ombre du moindre son.

Souvent, mes lèvres bougent seules.

J'articule, par politesse instinctive.

Ce soir, dans cette suite d'hôtel, je mange un peu, et en mastiquant je me demande comment la faim et l'envie d'avaler peuvent m'animer. C'est presque m'avilir.

Le corps et l'esprit sont curieux… et méprisables.

L'esprit oublie aussi, l'espace d'un fragment de minute.

Ensuite, je n'ai que des envies de dormir d'un sommeil profond, un sommeil comme le tien… pour te rejoindre…

J'avale des somnifères : mes nouveaux compagnons de route ! Car ils représentent tout ce qui peut me plonger loin de la réalité.

Mon âme est auprès de toi, mon esprit vagabonde et mes yeux s'éteignent.

Mes songes iront auprès de toi, j'en suis convaincue.

JOUR 4

« Là où on s'aime, il ne fait jamais nuit. »

Proverbe africain.

Quel réveil difficile, encore un autre déménagement, encore un nouveau décor.

Quitter cet hôtel, qui était notre petit cocon, là où une fois de plus, nos repères s'installaient, là où nos premiers vrais échanges nous caressaient de son espoir… nous avait fait nous retrouver, nouvellement unis dans cette espérance fébrile…

Après une bonne douche salvatrice, nous plions bagage.

Nous mettons nos bagages dans le coffre de la voiture d'Orso, nous roulons jusqu'à notre nouveau « nous ».

Un petit immeuble cosy, non loin de là, perché en haut de la Citadelle.

Un appartement au dernier étage où nous aurons, enfin, chacun notre chambre.

Nous inspectons.

Nous découvrons.

Nous essayons de nous accoutumer.

Nous essayons de nous projeter, ici, qui devient encore un *chez nous*. Même provisoire.

Chez nous, ce n'est pas ici, mais ici c'est le chez nous près de toi.

Un endroit étranger où néanmoins nous prendrons nos marques petit à petit sans jamais vraiment défaire nos bagages, ni nous étaler, car nous nous tiendrons toujours prêts à nous sauver, nous sauver avec toi.

Nous évader. Fuir cet odieux enfer.

Partir, repartir, pour ne jamais revenir !

Nous pouvons faire de vraies courses, remplir un réfrigérateur, préparer nos repas, boire frais, regarder la télévision, comme une gentille petite famille qui s'installe pour passer de jolies vacances.

Pure utopie à laquelle mon imaginaire fantasque aurait le pouvoir de me faire croire, tant j'en ai envie et besoin.

Mais tu n'es pas là. Tu ne verras jamais cet endroit, ce logis qui m'est déjà hostile et me donne la nausée sans que je puisse me l'expliquer ;

Un foyer, certes, mais où tout m'est étranger…

Je ne reconnais pas ces meubles, ces décorations anciennes. En fait je suis à la fois soulagée et angoissée, je déteste être là. J'ai l'impression d'errer dans un tombeau.

Le choix des chambres se fait naturellement : Gianni choisit une première chambre avec un petit balcon… j'y passerai de nombreux moments.

Emma et moi avons des chambres côte à côte au bout de l'appartement.

Je choisis celle qui possède deux petits lits pour encore me blottir dans l'un d'eux. Un endroit le plus minuscule possible, comme au creux d'un nid, dormir sur une couche où je ne peux m'étendre, mais surtout me recroqueviller, rassembler les bouts épars de moi.

Aujourd'hui va être une journée particulière dont, avec le recul, je n'aurais jamais pu dresser le décor.

Notre petit noyau va exploser et se dissoudre.

Cela va me faire mal, très mal.

Je vais être projetée dans un autre univers, ma routine, à laquelle je tiens tant, sera anéantie.

Je vais être encore plus totalement déstabilisée !

J'ai besoin de ces mêmes personnes, ces mêmes rites, cette même routine pour survivre.

Ces mêmes instants, ces bouées auxquelles je suis pathologiquement suspendue.

Je vais perdre tous mes repères, je n'aurais jamais cru que ces personnes allaient tant me manquer.

Ils sont ici depuis le début, ces visages, ces sourires, ces habitudes me rassurent.

Inextricablement je vais être perdue, un énorme manque va alors s'installer en moi.

D'autres arriveront et apaiseront cette séparation.

D'autres, beaucoup d'autres, défileront, pour une heure, un jour, une semaine.

Aucun d'eux ne réussira à alléger ma détresse.

Mes sourires resteront de ceux de façade.

Mes rires seront toujours étouffés et coincés au fond de ma gorge, car elle est nouée au désespoir, à jamais…

Rien, rien ni personne, ne pourra me faire redevenir celle que j'étais, plus jamais… ce mot résonne en moi comme un fantôme et me pétrifie de terreur.

Je serai toujours emportée par l'avalanche de mes sanglots.

J'ai tant besoin d'un endroit douillet…

… d'une bulle, où me réfugier.

Je ne trouve pas. Existe-t-elle ?

Désespérément, le seul moyen de m'isoler est de faire voler mon esprit au-delà des cimes.

Entre l'ici et l'ailleurs… (*« L'important, c'est l'ailleurs »* comme dit le poète… François BÉRANGER…).

Être là, toujours déconnectée pour ne pas vaciller…

Encore une fois, ma bouche bouge, des sons doivent sortir puisque l'on me répond ; ce n'est plus du tout de mon ressort, juste un automatisme, très certainement.

Ma vie ne dépend uniquement et inéluctablement que « du box 7 » où ton corps reste inerte.

Sans toi, je n'aime plus les gens. Cette force m'abandonne… plus la force d'avoir la force…

Le seul petit être qui arrive à me donner de la force et à me faire sortir de ma constante léthargie, est ma fille.

Je vagabonde, souvent, seule.

Mon esprit s'éloigne de plus en plus.

Mon corps pèse plus lourd que jamais. Le poids de l'accablement, sans doute ?

Ta sœur se repose devant la télévision, un livre posé sur sa poitrine.

Avec votre père, nous partons marcher et marcher encore pour faire des courses, c'est éreintant.

Nous savons que Flo arrive aujourd'hui.

Cet autre ami, un frère a traversé les océans pour toi.

Je me souviens de sa réaction lorsqu'il a su : il m'a dit que sans toi il ne pourrait plus vivre.

C'est imminent, nous allons le voir ici.

Nous étions en contact téléphonique avec lui et là, soudainement, nous allons être en sa présence.

Les courses terminées, nous nous installons, enfin, à la terrasse d'un petit bar sans prétention et nous lui indiquons approximativement où nous nous trouvons, le nom de la rue que j'ai oublié.

Nous l'attendons et mon cœur s'accélère comme à *chaque fois*... que de nouvelles personnes arrivent : c'est en effet chaque fois réinitialiser mon présent et faire se réentrechoquer avec effroi ces constituants qui sont juste une torture, mon supplice ?

Expliquer, décrire, dire...

Je le vois de loin, il arrive d'un pas non assuré, les traits tirés, je le regarde, je ne me lève pas, je le regarde et je pleure, je le regarde et je me retrouve « avant » ; toi et lui, toi et eux !

Il s'approche doucement, les yeux humides, je me lève alors, et il me prend dans ses bras, il me serre fort puis fait de même avec votre père.

Aucun son ne sort de ma bouche pourtant ouverte où le sel de mes larmes pénètre pour cristalliser au fond de ma gorge anesthésiée.

Je regarde le sol.

Le sol se dérobe à nouveau.

Flo ne demande rien, il nous propose juste de partir d'ici. Nous partons. Nous montons à l'appartement où il enlace ta sœur.

Le temps d'avaler un fugace repas, c'est Flo qui cette fois nous conduit vers toi.

Ce jour-là précisément, ton ex et ses deux accompagnants partiront, ce sera pour elle la dernière visite.

Nous sommes obsédés, tous, par ce besoin vital de te voir, il n'y a que quatre places, votre père, le cœur lourd de désespoir, se sacrifie et lui cède sa place.

Elle entrera une dernière fois au « box 7 », te dire au revoir ou adieu et prier.

Avec Emma, nous continuons à te parler et te parler encore.

Est-ce le fruit de notre imagination ?

Est-ce le fruit d'un espoir infini et de supplications souvent évoquées, mais lorsque ta sœur commence à chanter doucement de sa voix que tu aimes tant, ta tête bouge imperceptiblement et tes mains froides et toujours inertes que nous réchauffons sans cesse, nous serrent légèrement, juste au creux des nôtres.

Serait-ce le matelas qui se dégonfle et se gonfle comme un gros ballon ?

Serait-ce tous ces branchements ?

À l'unisson, d'un seul cri du cœur, nous te disons : « oui, oui nous sommes là, nous sommes tout près de toi ».

Nous nous regardons les yeux écarquillés, brillants d'une lueur d'espoir dans notre nuit, notre univers noir.

C'est furtif et à peine croyable, néanmoins nous voulons croire à ces gestes, ces trésors inestimables et peut-être réels. Il faut qu'ils le soient !

Je vole, je suis au-dessus des arbres, au sommet le plus haut que j'aurais gravi en mordant la terre et en rampant, mètre par mètre.

Je ressens ta petite main dans la mienne et tes doigts qui semblent me dire : « maman, je suis là, maman je vous entends ».

Nous sortons de l'unité, mais déjà l'espoir s'effiloche et je refuse d'y croire tant c'est improbable !

Je préfère continuer de me dire non, pour que ce soit *oui*.

Nous ne le dirons à votre père que ce soir, dans l'intimité de ce foyer que chacun d'entre nous, seul, dans sa force intérieure, isolée, essaie de reconstituer.

Nous nous retrouvons de nouveau autour de *notre* banc.

Ils vont partir.

Ils ont un avion à prendre.

Je ne dis rien, pourtant je suis si triste. Je me sens comme vaguement me déliter de l'intérieur.

Nous allons nous étreindre en pleurant, très curieusement je ne pensais pas être aussi affectée de leur départ, de son départ.

Ton ex était là, de loin, mais rassurante, ensemble nous avons surmonté l'animosité qui nous animait depuis longtemps, pour faire place à du soutien, de la tendresse et un attachement certain.

Je la regarde s'éloigner jusqu'à n'apercevoir que sa silhouette plus que fine et je suis vidée.

Je me retourne les cils humides et telle une louve, je survole d'un regard les fenêtres du « box 7 » où tu nous as fait un signe, je crois, j'y crois !

Mon enfant, je suis là. Force et honneur je suis là !

Ce soir-là, malgré un manque de plus, nous allons dîner au restaurant avec Orso et Flo. La nourriture devient un refuge, mon refuge, ce soir-là je ne mange pas, j'engloutis.

J'aimerais être une maman mésange et voler jusqu'à toi te donner la becquée.

Le bruit me dérange, les discussions ne m'intéressent pas, j'écoute ce brouhaha, je regarde, je lâche un sourire désaccordé, sans doute, qui doit plus ressembler à une affreuse grimace.

Ce soir-là, je suis loin, je deviens de plus en plus abasourdie stupéfaite par l'attitude et le silence complet de ma propre famille.

Pas un appel, pas un message téléphonique, rien ! Le néant ! Comme je les hais à ce moment-là ! et comme je voudrais être une lionne pour les prendre dans ma gueule et leur réserver le seul sort qu'il me semble mériter !

J'aimerais posséder des crocs puissants et les enfoncer doucement et fermement au plus profond de leur chair et les regarder me supplier comme je supplie qu'ils se manifestent.

Hélas, ils ne le feront pas du tout pour certains et pour d'autres un ou deux messages téléphoniques et un appel un peu tardif et larmoyant de honte pour lui.

Des lâches ou des égoïstes ? Ou le bonheur de me voir à terre ?

Je penche pour les trois solutions en privilégiant la toute dernière.

Déplacer quelques monts, avoir de l'empathie ne doit pas faire partie de leurs habitudes ou doit peut être, être au-delà de leurs possibilités puisqu'il n'y a pas d'argent à gagner. La laideur peut prendre bien des formes, mais elles se ressemblent toutes !

Encore une fois, ils s'effacent un peu plus et d'une manière très naturelle de ma vie.

J'ai tant fait pour eux que je n'ai même plus de haine. Je n'ai juste plus du tout d'amour ni d'intérêt, ni aucun sentiment pour ces gens-là… c'est la libératrice indifférence qui opère son coup de balai salvateur. Je sens quelque part que cela me nettoie, là, à l'intérieur, et j'en ai bien besoin…!

Durant ces pensées futiles pour des personnes transparentes, j'ai dévoré ! Le ventre donc, plein, je vais suivre péniblement ta petite sœur et votre père.

J'ai du mal à avancer, je suis repue et ivre d'avoir rempli mon estomac.

En bas de l'immeuble, nous faisons un signe à Orso et Flo. Nous nous mettons d'accord sur un horaire pour le lendemain, pour monter te voir.

Demain, l'un d'eux nous accompagnera comme souvent, très souvent.

Pour Orso, cela devient difficile, car il travaille beaucoup.

Je n'oublierai jamais leur bienveillance.

Nous rentrons et malgré le fait que nous soyons rompus, nous avons tous les trois besoin de mouvement, de rires, de bruit, de parler de vivre afin de vaincre la mort.

Je les laisse chanter un peu, je vais me poser sur la petite marche du mini balcon qui se trouve dans la chambre de votre père, je regarde au loin.

Cela me rappelle le premier soir, assise, sur une marche en béton dans un froid pénétrant de l'immense campagne, les yeux rivés vers l'horizon.

Cette fois c'est différent, au cœur de cette ville où il fait chaud, les idées sont plus claires, mais la douleur, elle, encore si foudroyante !

J'allume une cigarette.

C'est la première fois que je m'attarde autant sur ce balconnet à l'ancienne.

Je me lève, je me penche un peu, je regarde vers le bas, il fait nuit noire, je n'ai aucune idée de l'heure qu'il doit être, je me penche un peu plus, c'est haut, très haut, le vide m'attire, m'envoler pour enfin tomber en chute libre sans filet ni parachute, comme j'aimerais en avoir le courage.

J'entends le rire d'Emma.

Je recule un peu afin de ne plus être attirée, un certain vertige phobique m'envahit, je m'assois, j'allume une autre cigarette.

Je regarde à travers les barreaux.

Tout en bas j'aperçois une cour d'école, vide, c'est le soir et la saison des vacances scolaires. C'est l'été, l'été le plus chaud et le plus glacial de ma vie.

Je me redresse un peu.

Je me lève.

Je m'attarde, je laisse voyager mon regard sur le flanc des collines, juste face à moi, de petites lueurs brillent partout, derrière ces dernières, tout là-bas, il y a des logis, des familles, des vies, des joies, des peines, dont les rires et les larmes se perdent dans l'infini, toutes sourdes l'une à l'autre.

Puis mon regard se pose un peu plus haut, au sommet qui me fait des signes amicaux.

J'imagine que ce gros bloc lumineux est l'hôpital.

J'essaie de retracer le chemin qui monte sans cesse, escarpé et plein de virages serrés. Oui j'en suis certaine à présent, ce bloc lumineux qui ressemble à un vaisseau spatial est effectivement l'hôpital.

Il semble irréel entre ciel et terre.

Je m'allume une cigarette, je penche la tête à gauche puis à droite, les yeux plissés et plantés face à moi, lieu qui, de morbide le jour, sait aussi se métamorphoser et devenir magique, la nuit. Une puissance inconnue l'a placé face à notre location, face à ce balconnet.

Convaincue que tu es là juste en face de moi, parmi tous ces gens qui s'agitent et s'activent, ceux également autour de toi, au « box 7 ».

Cela m'apaise et repose mon esprit défiguré.

Je peux t'écrire, mais aussi te parler de loin et à présent, mon fils, je te vois.

Tu es là-haut, face à nous.

Cette nuit est spéciale, autant de signes que l'on nous envoie transforment mes tocs en sourires, sur mes lèvres asséchées.

JOUR 5

« Et je ne sais plus tant je t'aime.
Lequel de nous deux est absent. »

Paul Eluard
Premièrement, en l'Amour La poésie, 1929.

Je me réveille en ayant pour la première fois, depuis notre arrivée, la sensation d'être plus reposée.

L'habitude s'installe, c'est horrible, je me sens toujours menacée, reposée, mais menacée de toujours devoir espérer. Comme un devoir qu'on devrait à Dieu, un dieu qui jugerait de la hauteur, de la valeur de ma contrition !

L'habitude, ça rassure, mais ça fait aussi mourir.

Menacée, avec au-dessus de ma tête un gigantesque nuage gris foncé, noir, qui plane et me rappelle l'énorme œdème qui occupe tout ton cerveau.

Joie obscure… aujourd'hui, grâce à Emma, qui s'obstine à te téléphoner sur ton portable, qui l'entend sonner depuis le sien, et qui insiste encore et encore auprès de l'adjudant désigné dans cette affaire pour en examiner les circonstances, petite sœur qui aura, finalement les bons arguments pour que ce dernier se rende une ultime fois sur les lieux du drame et qu'il fouille et remue les derniers vestiges de votre voiture.

Voiture dont on jurerait qu'elle est passée entre les deux mains serrées en étau d'un ogre qui se serait ingénié à la réduire en boule de bouillie.

Les miracles existent !

Quelques heures plus tard : il appelle ta sœur, il est apparemment satisfait, car il a trouvé ta sacoche sous un siège, ton siège, dans cette épave.

Un jour de plus sans le harceler et ton mobile aurait peut-être été déchargé ! Emma t'appelait tous les jours pour essayer de le localiser et pour faire réagir les autorités.

Quel panache ma fille !

Elle part avec votre père récupérer ta sacoche.

Ils reviennent ! Cela m'a paru une éternité.

Ta sœur dépose cet objet de grande valeur sur la table basse, juste devant nos yeux éberlués.

Ultime moment d'amertume et de jouissance mêlées, ta sacoche est devant nous, nous n'osons pas la toucher ni l'ouvrir. Comme le plus vrai, le plus beau, le plus chaud témoignage de notre *avant* commun.

C'est un bonheur intense, un choc mêlé de confusion et d'intensité violente, presque fracassante.

Les larmes montent, ton odeur, *ton toi*, s'en dégage comme lorsque nous avions récupéré ta valise. Et c'est une nouvelle déferlante d'émotions dont jamais je ne saurai décrire l'intensité, au-delà de toute référence imaginable.

Ce parfum, si particulier qui est le tien et qui a toute une histoire. Je t'aime mon fils, et je pleure… encore et toujours…

Ce parfum que tu portes si bien, et qui te caractérise, *comme un hologramme olfactif.*

Nous ouvrons avec une infinie délicatesse un trésor sacré, ce peu de *toi* !

Nous y trouvons ton portable, ce cher portable dont la batterie a tenu, tous tes papiers, ta carte bleue, de la monnaie en vrac et beaucoup d'autres choses intimes qui t'appartiennent et qui portent ton sceau d'empreintes.

Tout ton « toi » est là, étalé devant nous. Imprégné des derniers sons, des derniers rires, dernières odeurs, de vos dernières frayeurs, du dernier présent, qui ont partagé les instants, juste avant le drame.

Je veux, je sais, que tu es là, tout près…

Je suis émue, si émue. Et voilà que les larmes, décidément intarissables, me reviennent.

Je vois tes mains animées qui farfouillent à l'intérieur, qui touchent ces objets.

Ce contact sensoriel… je caresse ces objets et un sourire intérieur germe en moi et… non, il n'est pas qu'intérieur… oui… mon sourire renaît, je suis en communion avec toi, comme si tu étais là, près de moi.

Merci à ta petite sœur d'avoir tant insisté… merci ma fille de m'offrir le plus merveilleux des cadeaux : ton frère avant son sommeil…!

Nous pourrons remettre à l'accueil de l'hôpital ta carte vitale qu'ils nous réclament tant et si lourdement.

Eux, nous donnerons les bijoux que tu portais lors du choc.

Cet instant flippant restera longtemps gravé au plus profond de mon être.

Ta chevalière en argent découpée, au creux de ma main me lance des signaux, je serre mes doigts dessus.

Autour de moi tout devient noir, on me fait asseoir très rapidement.

Nous t'avons, encore, un peu plus près de nous.

Tous ces objets, toutes ces odeurs m'aident à te dessiner en moi, à te recréer en moi, mieux que tu ne le ferais toi-même… avant ce calvaire que l'on nous inflige.

Je t'écris pour te dire, je t'écris ces quelques mots, car ces quelques mots jetés avec abandon désordonné, hargne et désespoir sur ces feuilles immaculées qui me hurlent de les couvrir de toi, soulagent mes maux.

Je t'écris pour te dire que l'improbable est survenu.

Je t'écris pour te dire que tu dors encore, que ton corps s'est encore amaigri et que tu ne seras plus tout à fait le même, mais que nous serons présents toujours, encore, toujours, toujours et encore, mon fils.

Chaque jour qui passe, lorsque je masse tes jambes, chaque jour qui passe, j'essaie de ne pas sentir tes os saillants.

Chaque jour qui passe, ta main dans la mienne se fait de plus en plus petite.

Chaque jour qui passe m'éloigne de toi.

Chaque jour qui passe surpasse l'horreur.

Chaque jour qui passe, je réalise un peu plus l'effroi et le froid qui me gèlent.

Chaque jour qui passe, mon amour, n'est que tourments et angoisse.

Chaque jour qui passe, je me demande avec plus d'acharnement : qui te dira ? Qui te dira si tu ouvres les yeux et si tu les ouvres comment seras-tu mentalement, sauras-tu réaliser et accepter ?

Tes effets personnels étalés devant mes yeux fixes… je me rappelle…

Se souvenir est si douloureux et si abject. Que l'amertume est toxique !

Pourtant, je vis.

Pourtant, je ris.

Pourtant, je mange.

Pourtant je dors.

Pourtant…

Mais pourquoi mon Dieu, pourquoi ?

Chaque jour qui passe pèse plus lourd sur mes épaules. Je te porte comme je le peux, c'est ma croix, c'est mon calvaire.

Mon enfant, quand vais-je revoir tes grands yeux verts ?

Il est dit que le hasard fait souvent bien les choses. Est-ce un hasard ? Est-ce notre karma ? Est-ce une épreuve de plus que nous devons vaincre ?

Est-ce un truc bizarre et malveillant ?

Nous nous sommes souvent posé ces questions et nous continuerons à nous les poser éternellement.

Tout est si horrible, ici.

Néanmoins je m'efforce à penser que tu es un gladiateur, un combattant de Rome, un soldat Romain qui ne lâchera jamais et se battra toujours et pour toujours.

L'Empereur romain, Marc Aurèle a dit :

« En te levant le matin, rappelle-toi combien précieux est le privilège de vivre, de respirer, d'être heureux. ».

Je suis d'accord avec lui pourtant, je ne vis plus, je ne respire plus, je ne suis plus heureuse et c'est inéluctablement irréversible.

Je flirte dangereusement avec la folie. Je la côtoie, comme une adversaire, comme une amie, une alliée, une rude combattante.

Je la découvre dans ses postures, dans ses mouvements, dans sa danse à elle, elle tournoie, virevolte, sautille avec élégance, pour m'affronter, elle gladiateur, *elle aussi*, qui me fait front dans l'arène… mais… elle m'aide à rester debout, exigeant de me voir puiser au-delà de mes dernières forces… et, en cela… elle m'apaise, me nourrit…

Aller à ta rencontre au « box 7 » est un immense bonheur imprégné d'une douleur intolérable, inexplicable. Pourtant, ma tête me l'explique, mais mon corps ne le comprend pas.

Je suis toujours animée par la joie de pouvoir te voir, te parler, te toucher, te sentir, te respirer, effleurer ton visage et paradoxalement, à chaque fois, chaque visite, chaque souffrance, je suis tenaillée et prise du vertige de l'envie irrépressible de fuir, loin, très loin ; d'être seule, muette et aveugle ; me réfugier dans un lieu qui n'existe pas et où personne ne me connaît.

Disparaître… enfin.

Puis à chaque fin de visite, toujours ce sentiment de trop peu, d'avoir envie de hurler comme une dingue furieuse : « Laissez-moi auprès de lui, je promets, je me ferais toute petite, je vous en supplie, je suis sa mère, il me sent, il m'entend ».

Hélas, la sentence est toujours la même : devoir partir, sortir sous une chaleur répugnante et ne pas savoir, ne plus rien savoir. Après avoir, si docilement ! Consenti à rompre le lien, ce seul lien… notre lien.

Juste espérer, essayer de se contrôler pour continuer à avancer pas après pas, même si mon corps ne veut plus.

Ne rien présager, de l'insouciance de dorer sous un rayon de soleil, nous pouvons basculer verticalement dans la terreur et la mort.

On ne peut refaire l'histoire, non, l'impossible est là et devant nous, bien présent et l'*avant* ne reviendra jamais.

Mon enfant, mon amour.

Mon enfant, mon toujours.

Mon enfant, mon sourire.

Mon enfant, fais-moi plaisir.

Mon enfant, mon univers, tu deviens à tes dépens, ma souffrance, ma peine et mon désespoir.

Tu es le sang qui bouillonne dans mes veines.

Depuis ta venue au monde, tu es devenu *mon* monde, enrichi, plus tard, de celui de ta petite sœur.

Tu es la raison pour laquelle j'aimerais triompher.

Vous, mes enfants, mes prunelles.

Mes enfants, mes essentiels.

À quel moment pourrais-je toucher du bout des doigts, la sérénité, je suis frustrée, dégoûtée de ne pouvoir frôler l'inaccessible.

La paix en moi ne sera plus.

La paix en moi s'en est allée.

La lueur a fait place au noir obscur.

L'état émotionnel dans lequel je me trouve ne ressemble à aucun autre, je perds mon équilibre, je perds mon intérieur.

Je suis et serai à jamais inquiète et inquiétée, déstabilisée et terrorisée.

Parfois la nuit, je sens des mains qui enserrent mon cou, j'étouffe, je suffoque, j'ouvre les yeux et je redécouvre cette chambre où je dors, cette sombre chambre où devant moi se dressent d'énormes placards du sol au plafond que je n'ai jamais osé ouvrir.

Mes affaires restent et resteront dans mon sac, sur une chaise, tout près de moi, afin de ne pas m'éparpiller pour être prête, prête à partir, m'enfuir de cet endroit qui me glace le sang.

Sans cesse, je pense à eux, qui sont partis, partis trop jeunes, partis trop vite.

Ces mêmes questions qui défilent, tous les jours, et me hantent jusqu'à l'évanouissement cérébral.

Comment ?

Pourquoi ?

Des sentiments égoïstes et lugubres m'envahissent souvent.

L'horreur, la peine, puis l'apaisement infime et répugnant de t'avoir non loin de moi qui dors et pouvoir te regarder dormir.

Je m'inflige des idées pour conjuguer le mauvais sort, j'ai perdu pied et tout me paraît dérisoire devant cette réalité.

Aucune odeur, aucune saveur.

Rien ne m'attire.

Encore une fois, et comme des automates, nous partons à l'hôpital, accompagnés comme souvent par Flo, c'est une chance incroyable, car l'hôpital est loin et perché dans les collines.

L'heure des visites approche, devant toi, impuissants, nous continuons à croire que tu nous entends et que tu essaies de nous faire des signes comme tu l'as fait hier.

Les branchements font un bruit assourdissant qui nous est maintenant un signal ami, des ronronnements réconfortants.

Parfois ta tête bouge légèrement comme si tu voulais vomir tous ces tubes au fond de toi. Tout cela peut paraître curieux, néanmoins pour nous et notre refuge quotidien, tu bouges simplement par toi-même comme si tu allais te lever, comme avant.

Notre analgésique à nous, ce sont nos hallucinations qu'on a fini par identifier, au fond de nos cœurs, et qu'on a acceptées *comme notre ivresse existentielle, notre source à bonheur...*

Tes mains glacées et maigres sont au creux des nôtres.

La coupe d'Europe bat son plein. À tes pieds, comme tu ne peux louper cela eu égard à ton amour pour le football, ta sœur et votre père te la racontent encore. Moi, j'écoute vaguement, à peine, je pense à d'autres choses, je scrute tes mâchoires, je scrute ton visage défiguré et j'essaie de le reconstruire.

Je tente de deviner à travers des bandages et des pansements que j'entrouvre doucement pour apercevoir à quel point tu es abîmé.

Puisqu'ils ne nous expliquent rien et éludent le plus souvent nos questions, nos suppliques, d'une manière tout à fait honteuse et sans la moindre empathie, il faut deviner, regarder ce qui n'est ni visible ni facile à évaluer.

Oui, je pars souvent à *l'affreuse* découverte et je ne dis rien.

Dans ces moments-là, mes réserves clignotent rouge. Ma batterie est à plat : dépourvue et spoliée de tout mon « moi ».

Je n'existe plus.

Nous sortons.

Comme à notre habitude, nous nous dirigeons devant notre banc, celui qui depuis le début semble nous appartenir et être toujours disponible pour nous.

Habituellement il nous attend les bras ouverts. Il nous laisse une place face au « box 7 » qu'il doit, j'en suis sûre, surveiller durant nos absences.

Il fait une chaleur démesurée. Devant l'hôpital il y a une boulangerie-cafétéria.

Nous sommes en avance, nous nous y rendons boire une boisson fraîche.

Elle se trouve devant l'entrée principale, en contrebas, j'ai souvent l'impression qu'elle est en bas d'une colline, tant cela monte. Pour revenir, mon corps se traîne. J'en souffre énormément. Je ne peux me mouvoir comme tout le monde, et mon cœur me rappelle à l'ordre.

Je suis lourde en tout sens, et tout me semble des épreuves de sport intenses.

Emma, seule, s'en aperçoit vraiment. Elle est consciente de ce gros problème, ce qui lui rajoute des soucis. *Elle, toujours désireuse* de nous porter à bout de bras et de ne jamais rien laisser paraître. Elle m'aide, me tient la main, m'encourage à reprendre ma respiration.

— Maman, courage, mamounette prends ton temps, respire, nous y sommes presque.

— Merci ma fille, j'essaie… ne sois pas inquiète.

Elle qui se réjouit d'un tout petit rien, est, je crois la plus heureuse parmi nous tous d'être auprès de toi ; la joie se lit très concrètement à chaque fois, sur son visage.

Devant toi, ses traits ne sont plus crispés, devant toi, elle souffre, certes, mais est aussi si apaisée malgré la peur et la douleur : elle n'est bien qu'auprès de toi.

Elle a cette manière bien à elle de te regarder qui ressemble aux regards des mamans, ce petit truc inexplicable en plus.

Dans cette boulangerie, où, Dieu merci, le personnel est charmant, nous resterons parfois des heures en terrasse, nous y mangerons, de multiples fois, nous y espérerons à chaque fois.

Après avoir été au « box 7 », cet après-midi-là, nous allons y rester toutes les deux pendant que votre père ira se reposer. Cela nous fatigue beaucoup plus de rentrer pour repartir et la fatigue s'amplifie.

Avant, nous restions sur notre banc, mais le va-et-vient des ambulances, le bruit, les pleurs des urgences – qui me glacent invariablement ! – nous replongent toujours un peu plus dans un grand désarroi de cet univers, devenu le nôtre.

À partir de là, nous déciderons d'alterner les périodes d'attente, et celles de déplacements : nous devons en effet gérer notre accablement par le peu qu'il subsiste en nous de rationnel.

Montures que nous sommes, nous devons décompresser pour nous ménager ; nous devons être forts pour toi, car tu es si vulnérable et que si nous ne tenons pas debout, toi, tu le sentiras et la lumière t'appellera.

Ce genre de réflexions positives, dans ces moments plus que difficiles, je ne les ai que de temps en temps : dans des instants de lucidité, je redeviens une maman bravoure. Hélas, ces quelques moments ne sont que trop brefs.

La chaleur est toujours écrasante, les heures filent, celle des visites approche. Votre père nous rejoint en bus. Il se désaltère et nous entamons l'ascension jusqu'aux urgences.

Debout, mon dos se fracasse, petit à petit. De nouveau, le poids de mon corps me supplante.

Ta sœur m'encourage, comme d'habitude. Elle, mon rocher, mon roc, mon viatique, ma Pierre philosophale !

Mon souffle est court, je me traîne encore jusqu'au banc où je m'écroule. Mes poumons gueulent et mon cœur leur répond que je les malmène. Tout en moi n'est qu'alertes dont tous les clignotants s'affolent.

Orso et Flo sont déjà là.

Nous fumons des cigarettes en attendant l'heure exacte, l'heure où ces portes froides vont s'ouvrir sur le couloir de la mort pour retrouver notre Trésor. Un de nos trésors les plus purs.

Ce soir-là, j'entre, main dans la main, avec votre père.

Ce soir-là, je ne serai pas avec ta sœur pour vivre ce qu'elle va vivre.

Ce soir-là, un fait extraordinaire, voire paranormal ! Va se dérouler devant leurs yeux débordant d'espoir.

Avec votre père nous te racontons le dehors, nous essayons de te stimuler, de t'englober, de réchauffer tes mains gelées.

Le seul fait de te regarder est un immense bonheur empreint, toutefois, de noirceur.

C'est un sentiment qui submerge de joie et plonge dans une grande mélancolie, simultanément ! Bouleversement assuré !

Néanmoins, comme nous nous l'étions promis, comme un pacte, nous ne laisserons plus échapper d'émotions négatives, mais essaierons toujours de nous cacher derrière des sourires et des récits joyeux afin que tu reviennes parmi nous, plus vite et serein.

Dans une atmosphère la plus positive possible.

Sans ne jamais vraiment y croire, ce qui me terrifie dans des flashes qui m'épouvantent et me tétanisent en me prenant par surprise, ni en sentir en moi toute la force du courage, l'énergie de l'envie, nous ne dérogerons toutefois pas à cette règle implicite et communément pactée.

J'ai toujours un œil sur cette satanée horloge, le temps nous est compté et nous devons, déjà, céder la place…

Une seule petite heure partagée, c'est juste un supplice ! Et je maudis les esprits maléfiques qui nous réduisent à leurs seules volontés gratuites de nous tourmenter, de leur persécution aveugle… mais mon esprit s'égare, à la recherche facile d'un coupable pour agonir, condamner, accabler, quelqu'un, quelque chose, autre que le sort qui, tellement volatile, s'échappe et s'en sort toujours bien… dans un rire diabolique que je perçois dans mes cauchemars…! Je vais mal. La souffrance me fait presque délirer.

Passer la première m'est toujours difficile, je préfère être auprès de toi en seconde demi-heure, l'impression idiote et égoïstement maternelle de plus te voir.

Tes yeux dégonflent, tes paupières ne ressemblent plus à deux grosses noix, ton visage, comme tout le reste, s'amaigrit.

Cela a été progressif puis très rapide, comme ton bronzage, parfait au début, qui s'efface et disparaît. C'est pour mieux nous revenir, me dis-je sans cesse, c'est comme cette foutue distance qui nous sépare encore, et se réduit proportionnellement au rythme de ton bronzage qui fout le camp !

Ce soir-là, je remarque en soulevant ton drap que tes jambes et tes pieds ont encore enflé !

Je m'affole, je préviens l'équipe soignante qui a déjà prévu de te poser un appareil de compression spécial. Qui va soulever le matelas de ton lit d'une manière… improbable !!

C'est ton cœur qui est en souffrance, je connais tant cela…

Désormais, il n'y aura pas que ton matelas qui bougera. Un autre appareillage viendra rejoindre les autres. Un autre bruit qui parasitera encore un peu plus le bain de silence, cet espace clos que je me suis efforcé, tant bien que mal, de bâtir pour réfléchir, résumer, trouver des solutions, te sortir des abîmes où, seul, tu te reposes.

Des solutions… mais lesquelles ?

Pauvre de moi, fébrilement accrochée, effrénée, forcenée, enragée, sauvage, frénétique, fanatique, hystérique… : j'y crois !

… Cela fait tellement de bien d'y croire encore, d'espérer, c'est mon ozone, de pouvoir à nouveau frôler du bout des doigts un regard, un sourire, un signe de toi, Diego, mon Diego.

Nous sortons.

J'embrasse la vitre externe du « box 7 ».

Dans le SAS, Emma et Orso attendent : équipés, pour pouvoir longer ce couloir souvent emprunté désormais.

À chaque fois, cela me fait penser au jeu du relais… comme si nous t'injections tour à tour, à la force de nos bras tendus, peu à peu notre force de vie pour te ressusciter, de te tirer à nous du plus profond des abysses.

Nous ne nous tapons pas dans la main, nous passons juste le relais en échangeant des sourires entendus, convenus, souvent en fluidifiant les habitudes âpres du quotidien par un rassurant : « *ça va ?* ».

Comme pour nous persuader qu'effectivement, *ça va*, toi tu dors toujours !

Eux s'approchent de toi, nous, nous nous éloignons, dans un ballet incessant.

Nous échangeons quelques mots avec l'équipe soignante qui est souvent composée de deux personnes devant l'entrée pour filtrer les entrées et sorties.

Vérifier que les visiteurs respectent bien les règles de vie de cette unité.

Leurs visages deviennent de plus en plus familiers, ancrés, inscrits maintenant dans notre triste vie, notre absurde quotidien.

Dehors, sur notre banc, nous fumons une cigarette, nous n'échangeons que très peu, nos regards qui se croisent, se comprennent et s'entremêlent, établissent le bilan du jour qu'ils synthétisent dans un silence sourd et grave.

Nos yeux se parlent, nos yeux te parlent.

L'amour que nous avons pour toi est infaillible et à jamais indéfectible.

Notre enfant, notre fils.

Je retrace inlassablement ces derniers jours « cataclysmiques », ce chemin de misère dont les pavés de l'Enfer viennent de nous tomber sur le coin de la tête et nous ont laissés anéantis.

D'un coup sec et net, on nous a retiré pour toujours notre joie de vivre, nos projets les plus futiles, ceux dont on jouit de la simple facilité et accessibilité et font le miel du bien-être.

Mon cerveau fait défiler sans cesse les mêmes images, les mêmes pensées, deux vies volées et une troisième qui se bat.

Je regarde sur ma droite… je vois Emma et Orso qui arrivent vers nous, un léger sourire satisfait sur leurs lèvres… : en demi-teinte… : un regard que je trouve un peu effaré.

Ils viennent de vivre un moment magique et quasiment surnaturel ! :

Nous les regardons d'un air abasourdi, et sommes suspendus à leurs lèvres… ils vont parler, j'attends des sons, des échos, leurs sons, leurs échos, maintenant !! :

Ils parlent vite et en même temps et de surcroît, d'une commune transe frénétique.

Je ne comprends rien !

Ta sœur prend alors, la parole et, d'une manière posée nous explique, avec une pondération dont je souris encore, tellement déconcertée, et saluerai toujours immodérément la belle noblesse, nous explique, disais-je, les yeux trempés d'émotion et frappée de cette peur toute tremblante :

Lors de leur visite, ils sont auprès de toi, mais, alors que comme d'habitude, ils te parlaient, ta sœur du côté où l'on te voit le mieux, a cru que son cœur s'arrêtait !

D'un coup tu as ouvert les yeux ! … tu les as ouverts ! Ouvert les yeux ! Grand format et tout ! Le tout d'un regard quand même éperdument perdu et confus, comme pour donner plus de vrai à cet inénarrable, sensationnel… IMPROBABLE !! LE Vertige…!!

Tu as *fixé* ta sœur ! Alors qu'Orso est choqué, à la limite de l'évanouissement, ta sœur prend ton fragile visage entre ses mains et te dit : « C'est moi, mon amour, n'ai pas peur ! Je suis là ! Ferme tes beaux yeux, mon frère ! Ne t'inquiète de rien ! Je suis là, ma vie ! ».

Cela a dû te rassurer, car… tu les as refermés pour repartir loin.

L'équipe médicale leur dira, alors, que c'est fréquent et normal dans ton état !

Ces explications, plus que vagues, sont censées nous rassurer et nous devons nous en contenter…!

En revanche, nous ne savons pas si cela est fréquent ou si c'est le signe probant de ton retour parmi nous ?

Nous ne le saurons jamais.

Mais tu as ouvert les yeux et pour nous, que ce soit médical ou non, c'est un signe ! POINT !! C'est une réponse à nos prières ! POINT !!

Un léger espoir s'installe… enfin…!

Le soir, nous fêtons un événement qui rappelle la vie… la couleur de tes yeux… nous allons au restaurant ! Toujours le même ! Et pour la première fois les mets auront une nouvelle saveur ! Et la culpabilité de retrouver le plaisir de la nourriture que j'absorbe et dont je me délecte ce soir, en souriant, sera moindre. Ce sera même presque agréable ! Un vrai signe d'amorce de joie… même encore fade et modeste !

Nous rentrons dans cet appartement qui devient à mes yeux de plus en plus inamical, inhospitalier, hostile même, maudit et affreux ! Cachets, Ichline et dodo !

JOUR 6

« J'entends vibrer ta voix dans tous les bruits du monde. »

Paul Eluard
Capitale de la douleur, 1926.

À l'aube de ce sixième jour, comme tous les jours, je demande à Gianni d'appeler l'hôpital.

Il s'exécute ; et toujours la même réponse : *tu dors, ton état est stable.*

C'est toujours après cet appel que j'arrête d'être en apnée et que je régule enfin le flot de ma respiration.

Nous décidons de partir explorer ce marché dont nous avions déjà entendu parler.

Néanmoins nous n'avions jamais eu ni la force, ni même l'envie, c'est vrai, de nous y rendre.

C'est assez loin à pied. Mais je me force. Je brise volontairement le rythme de mes habitudes morbides, pour me donner la chance de vivre des instants différents, des moments durant lesquels je pourrais éventuellement ne plus penser... : m'étourdir physiquement, pour m'anesthésier mentalement... tous les stratagèmes sont bons...!

Nous marchons sous la chaleur, si néfaste, pour moi.

Mon cœur dit *non*.

Mais j'avance…

En chemin, je reçois un texto.

Habituellement je n'ouvre que plus tard, dans ces circonstances brûlantes et anxiogènes, cette fois-ci, je ne sais pas pourquoi, je m'arrête et je le lis :

C'est un long texte, de Stan qui est parti vivre au Danemark, un ami à toi que j'apprécie infiniment.

Je lis ; et au fur et à mesure de cette si émouvante lecture, les larmes surgissent, puis je suis secouée de sanglots profonds tant ces mots me percutent et me touchent.

Un message qui restera à vie, gravé dans ma mémoire !

Dans ce texte, tu n'es pas un simple ami, mais un frère, un frère de notre ville, entouré d'amis incroyables qui t'aiment réellement ! La vie sans toi serait et resterait toujours sombre et sans rires, que pour lui ce n'était pas possible et qu'il vivait, à des milliers de kilomètres, un réel cauchemar !

Qu'il était malgré tout, près de nous, tout près de toi !

Merci à toi d'avoir su trouver les mots, le sens subtil qui m'a aidé à relever la tête, à moins courber l'échine, à me sentir entourée, et encore plus soutenue.

Encore très émue, je regarde votre père.

Il lit et il pleure.

Nous repartons en silence.

Engloutis au cœur de cet immense marché ensoleillé, avec ses produits du terroir, ses odeurs, son mouvement de foule, j'ai l'impression d'être en Provence, en Italie ou en Espagne, mes sens sont comme débordés par toutes ces sollicitations olfactives, visuelles et joyeusement auditives, dont je redoute qu'elles viennent finalement me donner des haut-le-cœur…!

Ce qui me replonge encore dans le passé.

J'essaie d'apprécier cet instant, néanmoins il me semble si fade sans vous, mes enfants.

Toujours ce manque viscéral…

Toujours ces instants volés…

Toujours cette absence…

Nous nous noyons dans la foule. Curieusement, cela fait du bien d'être poussée, de presque chavirer, comme touchée par une certaine grâce, disparue, je me sens *vivre*, l'espace d'une minute, j'ai l'impression d'être présente… de recoller un peu à moi-même.

Je regarde autour de moi, un peu partout, j'entends les marchands crier et mettre en avant leurs produits pour attirer la clientèle.

Ce ballet nuancé, ce folklore quasi exotique qui divertit… sa douce et insouciante chaleur m'émeuvent, timidement, et je me sens, avec une certaine délectation apaisante, esquisser un début de sourire intérieur…

Mes narines et mes yeux s'ouvrent au monde que je redécouvre, des odeurs et des tableaux ravissent mes papilles et mon imaginaire… que c'est parfois simple… et beau… la vie qui s'agite, bruyante ; comique, presque ; comme si ces gens jouaient cette comédie, offrait ce spectacle… en tant qu'autres humains, autres mortels… rien que pour moi… pour me redonner,… l'envie, et son goût.

Mais cette fugitive chimère s'évapore dans un flash.

Les étals sont chargés.

Nous nous arrêtons ici et là.

Gianni fait des achats, goûte des produits, papote un peu, il semble être un touriste lambda.

Moi, l'acheteuse compulsive, ne fais aucun pas au-devant de ces futilités qui me sont habituellement agréables et qui, là, me laissent totalement indifférente.

Je ne suis que suiveuse, cela m'évite de parler.

Toujours un peu en retrait.

J'entends cet accent des natifs qui m'est désormais familier et auquel je vais m'accoutumer sans ne jamais l'apprécier.

Le marché fourmille de ménagères, d'estivants, je les regarde vivre et rire.

Des groupes se forment, accompagnés de grands discours rieurs et de récits insignifiants à mon sens.

Cela fait s'entrechoquer et fait résonance dans la crypte de mon esprit, vide de tout.

Malgré quelques minutes de bonheur volé, ce jour-là, au cœur de ce marché, je ne suis pas vraiment vivante, je suis loin, très loin… agonisante.

Je pense à toi et je pleure à nouveau.

Je pense à ta sœur, restée seule qui ne veut pas trop se mêler à cette *civilisation*, et qui, sans en être consciente, frôle l'épuisement moral et physique.

Je pense à nous, nous quatre.

Je pense à cette famille qui est la nôtre, et qui ne peut en aucun cas passer à trois !

Je m'éponge le visage, imaginant le retour durant lequel je vais devoir batailler avec moi-même pour me traîner, marcher, puis dans un ultime effort, monter ces satanées marches qui nous séparent de l'immeuble où nous *survivons,* sans savoir toujours, vraiment pourquoi...

En haut de la citadelle, chaque fois que je crois être, enfin, arrivée, je lève le nez… et les marches qui se dressent devant moi me font frissonner d'angoisse, tant mon souffle est court.

À notre retour, très essoufflés, nous retrouvons ta petite sœur qui regarde la télévision.

Elle sourit et nous demande si cela nous a fait du bien.

Notre réponse reste positive… restons positifs…

Elle a un air complètement détaché.

Je sens bien que ses pensées sont à mille lieues d'un pauvre marché et du contenu de notre panier.

En ce jour 6, je la trouve fatiguée à l'extrême. Le moral qui faiblit de plus en plus, l'espoir qui fuit cerne de noir ses jolis yeux verts.

Elle ne dit rien, néanmoins je sais…

Je la scrute et devine que son esprit frôle de plus en plus le désarroi et sa zone rouge et… qu'elle flirte irrémédiablement avec le néant.

Son état de santé n'est pas des plus merveilleux.

Irrépressiblement, cela me plonge plus profondément encore dans une détresse qui meurtrit mes chairs davantage, m'assassine m'immole lentement.

Je me lance dans un récit qui rend compte de notre grand périple, les produits frais rapportés, les odeurs…

Elle s'est réfugiée, dans sa tour, son donjon imprenable… seule… rien ne la sort de sa torpeur.

Elle me regarde… on pourrait croire qu'elle m'écoute avec attention… il n'en est rien… je la connais si bien.

Cela m'épuise et me replonge au fond du gouffre.

Elle a tant donné… elle s'est efflanquée, pauvre merveille ! … c'est son tour… la soif de vie ne répond plus… elle part… non ! Non ! À moi de la secourir…! C'est une lutte infernale… tantôt contre le sort, maintenant contre soi… il faut se protéger de tout… anticiper le malheur, et ses assauts… qui surgissent de nulle part… de nulle part et de partout !

En fait, toutes ces journées se ressemblent un peu, à une exception près : la douleur fulgurante, toujours plus vive et affligeante, qui nous ronge le cerveau et les muscles toujours plus douloureusement, douleur à laquelle, dans une forme de renoncement que nous regardons froidement, en face, sans réagir, nous accepterions, bien facilement… si facilement, de céder… de nous abandonner, une fois pour toutes…

Elle nous arrache tranquillement, mais assurément, notre tranquille quotidien, qu'elle diabolise à l'envi… elle ronge avec ses petites dents affûtées, aiguisées, nos piètres entrailles, qui ne réagissent même plus, sous ses lacérations incessantes et sadiques !

Je découvre, fantôme de moi-même… ce qu'est être un pantin mort-vivant, combien la vie est une donnée bien relative… combien l'absurde a dû toujours longer le chemin de la mienne, sans que je ne le remarque vraiment… combien la mort doit être douce… enfin.

Pendant que votre père nous prépare un plateau-repas, je me dirige vers le mini balcon, le fameux balconnet…

Il pend dans le vide, il est bancal, on pourrait même se demander comment il tient, tant il est vétuste.

Je regarde au loin.

Je parle seule, je te parle, mais tu ne me réponds pas.

Edith Piaf a dit superbement :

« Les arbres ne peuvent pas vivre sans la pluie ;

Les fleurs ne peuvent pas éclore dans la nuit ;

Sans eau, les poissons d'or ne respireraient plus ;

Et moi sans toi, je suis perdue… »

Sans toi je suis perdue… *ma pluie, mon air, mon soleil, mon eau, mon amour…*

Tout me paraît immense, insurmontable, infranchissable, comme si le simple fait de pouvoir te voir nous imposait le dû, chaque fois, de gravir d'immenses montagnes aux cimes, de plus en plus lointaines, de plus en plus hautes.

Avant de les rejoindre avaler un truc, j'allume une cigarette qui ne sera pas l'ultime… je regarde en direction de l'hôpital. Je marque une courte pause. Je griffonne sur mon cahier quelques phrases qui te sont destinées, en abrégé, tant j'ai à te dire, tant j'ai à t'écrire…

Au tout début de ce séjour hivernal, je me souviens que je ne pouvais uniquement répondre que par monosyllabes… à présent j'écris en abrégé.

Souvent, enfermée dans mon silence, je suis en plus en plus encline, après bien des efforts, à vouloir, néanmoins, désormais, parler… déverser toute ma colère qui s'exprime maintenant… et mon immense souffrance, dont je m'avise que j'ai si longtemps contenu toute la bouillonnante rétention, étouffé l'incoercible, l'irréfrénable explosion, comme un repas avarié que vous auriez poliment, par conformité protocolaire, conservé en soi des jours, des semaines !

Par gerbes, aujourd'hui : je m'en libère… petit à petit.

En ce jour 6, nous allons vivre des scènes que nous n'aurions jamais pensé, encore moins voulu, ni vivre, ni voir…! :

Arrivés en voiture devant les urgences, rien n'est comme à son accoutumée.

Notre banc en bois est occupé, il y a des personnes de tous les âges un peu partout, dispersées.

Je me sens complètement déstabilisée.

Nous essayons de ne pas nous fondre parmi eux.

Cela est terrifiant, tant de monde…! Une infime partie de mon être est tétanisée. J'ai une affreuse migraine dont je sens les griffes me gagner, quelques vertiges m'empoignent et se jouent de ma fragilité sans protection.

Toutes ces personnes pleurent de manière désespérée, sans retenue, sans pudeur, sans rien ? Certaines d'entre elles se prennent dans les bras, d'autres sont secouées par d'énormes sanglots désordonnés, désarticulés.

Ils arrivent par dizaines, ils sont déjà une centaine, voire plus.

L'heure des visites a déjà commencé, nous les observons silencieusement, les voyons entrer et sortir en pleurant et hurlant de plus en plus fort, comme des bêtes sauvages prises au piège final.

Nous décidons de nous diriger vers le SAS pour nous vêtir. Nous sommes bousculés, c'est la cohue, le chaos complet, je demeure complètement prostrée.

Nous arrivons à nous frayer un chemin jusqu'au « box 7 ».

En passant, comment ne pas voir au box « 1 », ou ne pas entendre des personnes devenir folles de douleur autour d'un lit semblable au tien…

Un enfant du Pays y est allongé, un enfant du Pays de dix-neuf ans, accidenté de la route dont le pronostic vital est également engagé.

Nous pressons le pas et baissons les yeux.

Enfin auprès de toi, nous sommes perturbés par les cris et le mouvement incessants de la foule toute proche et du personnel soignant agité.

Nous te tenons les mains, nous te parlons, t'embrassons d'une façon plus effrénée que d'habitude comme pour masquer de nos gestes plus empressés la perturbation ambiante, le parasitage de la douleur voisine.

Nous essayons de rester stoïques… insensibles au mal ambiant, hélas, c'est impossible, tout est si confus !

Le temps passe lentement, aujourd'hui. J'éprouve du mal à te dire des mots plausibles.

Cette sensibilité de la souffrance qu'on ne peut pas ne pas partager, avec d'autres humains, eux aussi terrassés par leur tsunami familial à eux, m'éloigne si durement, si sottement, de cet instant que je te destinais, comme chaque jour, tout entier…! C'est affreux ! Et demander à ces inconnus, dont nous partageons – par Nature ! – la même fibre charnelle, de se taire, le serait tout autant…

Mais nous ne t'englobons plus, nous essayons de former une bulle tout autour de toi, afin de te protéger un peu plus… je crois que je vis là, un des moments les plus tragiques, déchirants, de mon existence !

La panique au loin, devient de plus en plus insupportable, des frissons glacés transpercent mon corps et s'auto-injectent dans mon système veineux.

Il est déjà l'heure de te quitter et la peur de te laisser, me submerge plus que jamais.

Je vais alors attendre les visites du soir avec, grande frénésie.

T'abandonner m'est plus pénible que jamais, ce jour-là.

Je marche, les yeux virés vers le sol, je ne regarde rien, je ne vois rien.

Je m'y refuse.

Une fois dans le SAS, bousculée de nouveau, je me fige, je vais tomber.

Je n'arrive plus à sortir de là, j'ai des sueurs froides…

Bloquée, immobile au milieu de ces personnes en détresse qui pleurent à gros bouillons, je vais chavirer et m'écrouler comme un mollusque, au sol.

Je remarque un vieil homme avec une canne, les yeux délavés de larmes, qui va entrer dans le couloir de la mort. Je pense à tes grands-parents.

Je suis violemment prise d'un raz de marée nauséeux. Je ne bouge plus du tout, fixée au sol comme un culbuto sans vie que seule l'attraction agite et fait vaciller de gauche à droite.

Le temps me semble long, puis je sens une main puissante empoigner mon bras et me tirer hors du SAS.

Je lève les yeux et j'entends à peine ta sœur qui crie :

— Mais maman viens ! Sortons !

— Oui, mais je n'y arrive pas tant les gens se bousculent !

— Ma p'tite maman… viens vite, sortons !

Main dans la main, nous arrivons à sortir du SAS. Nos deux rôles se sont parfaitement inversés ! *Quelle fierté, j'éprouve alors, sans pouvoir lui dire… éberluée, je la regarde… sans voix… quelle bonne femme ! Quelle sacrée petite bonne femme…!*

Elle m'éloigne, au plus vite et au plus loin des urgences, tout au bout du parking… pour ne plus ni voir ni entendre… que le calme reprenne un peu possession de nous…

Le reste de cette après-midi du jour 6… : nous rentrerons, communément fourbus et déboussolés, tous les trois à l'appartement… nous reposer, pour écouter de la musique et prendre une bonne collation.

Tout sauf parler…

Tout sauf se rappeler…

Tour sauf revoir…

Essayer d'exorciser l'effroyable… nous ressourcer.

T'insuffler de belles énergies positives lors des prochaines visites, reste notre priorité.

J'en profite pour t'écrire, mais les mots deviennent moins fluides. Mes idées, mes pensées ne trouvent pas l'inspiration escomptée.

Mes mains tremblent.

Tous ces visages défilent dans mon esprit, c'est affreux. Et voilà que, dans une crise angoissée, je perds à nouveau pied.

Je n'y arrive pas, je referme mon cahier et je m'allonge pour reposer mon corps et mon âme meurtris.

Il y a des jours, il y a des nuits où tout semble si différent.

Mes rêves se sont envolés, pourtant je m'accroche à tout ce qui peut me donner de l'espoir et être source d'un retour à toi, à moi, pour plus vite revenir à toi.

Des choses futiles deviennent soudainement si importantes et inversement.

Il m'est très difficile de garder la tête froide.

Une peur imprévisible me gagne peu à peu, comme si nous étions au jour 1 ! Ce jour où j'étais comme décérébrée et plongée tout au fond d'un gouffre tout sombre et mortuaire où ma vie, à jamais, s'enténébrait.

Je cherche ma bulle que j'avais laissée sagement en attente dans un coin de ma chambre. Elle m'attend et m'invite : je m'y réfugie.

Mon corps, mon cœur et tout le reste me font souffrir. Je regarde mes pieds posés sur la paroi transparente de la bulle : ils sont gonflés, gorgés d'eau, cela ne me rassure nullement et me ramène quelques années auparavant.

Au fin fond de l'Italie…

Je me surprends à sourire toute seule, dans ce transport onirique, un certain été, après avoir fait une bêtise, tu avais fui dans les champs d'oliviers en attendant un long moment avant de revenir vers nous. Je me souviens également de ta peur du poulailler et du gros lapin qui y logeait.

Diego ! Que tu aimais faire le pitre et en rajoutais toujours un peu lorsque tu voyais que nous riions de tes performances comiques !

D'ailleurs, cela nous aura fait rire durant des années.

Des moments privilégiés que seul notre quatuor peut comprendre et dont il se réjouit encore.

Nous quatre, sinon rien !

Tant de souvenirs qui me submergent d'émotions complices.

De jolis moments magiques, simples comme nous les vivions.

Parfois de moins bons, mais qu'importe.

Aujourd'hui la seule et unique chose qui compte à nos yeux est que tu ouvres les tiens…!

Ces yeux malicieux et rieurs.

Mon fils tu es mon amour et mon toujours.

Mon enfant, tes parents et ta sœur t'attendent…! Reviens-nous…!

Ta petite sœur qui, malgré votre différence d'âge, est comme ta jumelle.

Ta petite sœur qui te comprend d'un seul regard.

Ta petite sœur que je respire, que je sniffe, comme une mère louve, car elle est toi et que tu es elle.

Deux caractères différents, certes, mais avec vos codes, qui font que d'un signe, d'un battement d'œil, d'un geste, anodin pour les autres, font que vous, à l'unisson, vous savez.

Plus d'une fois j'en ai été l'objet de vos fichus fous rires, à me taquiner sans vergogne, profiter de ma naïveté que je concède, c'est vrai, parfois un peu facilement.

Si différents et si complices naturellement inséparables, acolytes, à la fois.

L'heure qui passe et l'envie d'une douche bienfaisante me sortent de ces merveilleux souvenirs.

Juste à ce moment où Farid et Mohamed, des amis à toi me téléphonent, des amis dont je n'ai juste entendu que le prénom au cours de certaines discussions.

Néanmoins ils me téléphonent, du haut de leurs jeunes âges, ils ont le courage et l'audace insouciante de m'apaiser, de trouver les bons mots au bon instant, de chercher des solutions pour nous aider à rester ici sans être dans le besoin.

Cela me fait songer que demain, grâce à une grande chaîne de solidarité incroyable, nous allons, enfin, pouvoir récupérer quelques-uns de nos vêtements d'été.

Lolo et Cloclo viendront chez nous, elles choisiront des habits en accord avec nous au téléphone, puis, chargées, elles repartiront à l'autre bout de Paris les remettre à Elvi qui prend l'avion demain pour venir te voir.

Tout cela peut paraître futile, pourtant : oh combien, rassurante est l'idée pour nous de retrouver nos odeurs !

Un petit bout de notre vie ! Ça nous aidera, c'est sûr.

Je ne sais pas trop comment nous les récupérerons, mais Emma saura très bien gérer tout cela.

Piètre consolation, me diront certains, balivernes me diront d'autres, pour nous, sentir l'avant et l'enfiler sera comme une lueur de libération. Sentir notre chez nous, notre *avant* dans cet *après* enlisé.

À ce moment précis, je n'imagine pas un seul instant, un seul fragment de seconde ce que nous allons voir et vivre ce soir-là !

Personne dans ce vaste univers n'aurait la moindre envie d'assister à une situation aussi violente !

Nous, nous n'aurons hélas pas le choix…

À la mauvaise heure et au mauvais endroit, à nos dépens, nous assisterons avec stupeur, suivie d'une accélération cardiaque intense, d'une gêne, d'une empathie, d'une trouille folle, à une scène terrifiante que l'on ne peut oublier au cours d'une vie.

Tu sais, Trésor, ces mêmes scènes que certains films nous livrent sans vergogne.

Nous le vivrons et dans notre état de fatigue infinie, d'angoisse et de peine, nous le vivrons d'une intensité décuplée.

Nous y serons plongés, nous en serons quasiment les protagonistes.

Durant ces instants où je me réjouis de futilités à la con qui me font légèrement relever la tête je ne sais pas encore que je vais être pétrifiée et foudroyée par l'impossible et l'ultime horreur.

Je vais alors descendre encore d'un cran et revoir à la baisse mes ambitions et mon confort de vie.

Je prends ma douche.

Il n'est pas encore tout à fait l'heure de partir.

Nous vaquons chacun à nos occupations, nous parlons parfois, nous nous sourions aussi, nous essayons de tenir le cap dans cet appartement qui n'est pas tout à fait le nôtre ni ne nous est tout à fait étranger : il est pour le moment le refuge tombé à point qui nous protège de l'extérieur trop hostile à nos yeux.

Cet appartement cosy que je n'aime pas et où je ne me sens pas à ma place, existe et par conséquent je remercie Joséphine, qui nous l'a loué depuis Paris, afin que nous ne soyons pas à la rue.

C'est fou ici ! : En ce jour « *6* » nous ne sommes toujours pas informés qu'il existe des appartements sociaux à des prix dérisoires pour les personnes comme nous : des gens parachutés sur cette île, sans rien en poche, littéralement paumés !

Si ce n'est nos maigres salaires pour pouvoir rester, acheter le strict minimum, le strict nécessaire, afin de demeurer avec toi et penser au retour, car il y aura un retour *avec ou sans toi. J'en tremble de l'écrire !*

Aucune aide ne nous est proposée.

Comment imaginer un retour sans toi ?

Je me pose trop souvent les mêmes questions qui m'angoissent tant : comment allons-nous faire ? Combien de temps allons-nous encore tenir ? Financièrement et psychologiquement ?

Néanmoins nous n'envisageons pas une seule seconde de partir et te quitter. Te laisser, seul à toi-même ? Jamais !

J'ai souvent dit à Emma et Gianni, que même s'il fallait dormir sur le trottoir qui borde l'hôpital, s'il le fallait, pour rester auprès de toi, je le ferai. Sans hésiter !

Jamais je ne partirai d'ici sans toi, mort ou vif.

Partir, ne plus te voir, ne plus te parler, ne plus te toucher ressemblerait à signer mon arrêt de mort.

Mes pensées sont lugubres et je réalise encore une fois, dans ce brouillard qui engourdit nos âmes respectives et dont nous partageons sans nous le dire, le triste et pesant fardeau.

Nous partons vers toi : c'est l'heure de prendre la route. Cette même route que je connais par cœur à présent. Cette route si dangereuse !

Je rêve de prendre la route dans l'autre sens, et toi tu serais blotti contre moi, encore fragile, mais près de moi.

Après une petite demi-heure, comme d'habitude, nous arrivons.

Le parking des urgences est plein, nous ne trouvons pas de place et j'entrevois une foule immense et dense qui court dans tous les sens.

Il y a beaucoup plus de monde que pour les visites du début d'après-midi.

C'est impressionnant !

Nous rebroussons chemin en nous frayant un passage parmi eux et allons stationner plus loin.

Nous arrivons à pied. Cette effervescence incongrue nous interroge et nous fait craindre un je-ne-sais-quoi de *pire*…!

Nos questions fusent et fourmillent, toutes plus acides l'une que l'autre, bien que nous comprenons assez vite que toute cette foule est pour le box « 1 ».

Nous nous regardons tous d'un drôle d'air perplexe et fuyant, comme partageant, *à force*, la misère de tous ces gens dont nous faisons partie… tous amenés à pénétrer dans ces lieux, en larmes, fous de douleur, accablés par le sort injuste, et avec la même foutue envie désespérée de tourner les talons et de fuir en courant ! … alors que, perplexe, on s'aperçoit qu'on est restés, au milieu de tous les autres, enfermés dans leur blockhaus à eux, ceinturés de douleurs, au fond duquel ils hurlent, de tout leur intérieur, impuissants qu'ils sont, et dont seuls les yeux qui saignent, témoignent sans rien dire…

Notre banc n'est plus visible tant il y a du monde.

Des personnes font des allers-retours, d'autres hurlent, d'autres sont prostrées assises par terre.

Ce n'est pas encore l'heure des visites, pourtant, en nous faufilant du côté des ambulances, nous apercevons l'unité de réanimation ouverte, un défilé incessant, telle une procession macabre, qui se déroulerait devant nous.

Je regarde mes pieds et j'essaie de ne pas entendre la souffrance dont le vent cinglant me lacère le visage et me gifle de ses cruelles bourrasques.

La foule, les pleurs me donnent des frissons d'horreur, je me serre contre votre père, il fait chaud et je suis gelée, mes jambes se dérobent légèrement, je ne veux pas comprendre.

Nous nous reculons encore par pudeur et respect, collés au mur face à la porte d'entrée, au comble de notre perturbation extrême.

Puis l'inacceptable survient : devant nous, une femme surgit en hurlant ! Elle hurle, elle crie à la face du monde, elle supplie Dieu de lui rendre son bébé, qu'il lui en avait fait la promesse, puis elle tombe au sol, prise de convulsions pour être vite évacuée.

Cette vision est insupportable ! Je pleure, je ne la regarde plus, comme pour lui laisser ce moment qui n'appartient qu'à elle.

Des jeunes hurlent également.

Cette foule entière crie et pleure… égarée.

Certains s'agenouillent au sol et prient, d'autres se précipitent vers l'unité, au box « 1 » où ce jeune homme de 19 ans vient de partir.

Notre stupéfaction n'est pas quantifiable.

Surnaturellement, nous arrivons à entrer dans le SAS et nous vêtir.

Comment… je ne sais pas… nous avançons en baissant les yeux, nos tympans vomissent de leurs hurlements qui déchirent tout ce que nos yeux balaient involontairement, car on s'en sent pas le droit, et ont pris possession de nos boîtes crâniennes… par décence, nous ne nous plaquons pas les mains sur les oreilles pour nous protéger… du sort… nous absorbons tout… : notre bien modeste manière à nous de les saluer, eux, et la douleur qui les condamne.

Nous passons devant le box où cet enfant est décédé. À cet instant je ne sais pas si je vais avoir la force d'avancer jusqu'à toi qui dors.

Ces images intolérables me hantent. Je suis choquée par la vie, pour toute sa durée, je suis vidée par la mort.

Ce soir nous avons du mal à te parler, à nous concentrer… nous réalisons la chance que nous avons de pouvoir te toucher, mais, hélas, nous ne pouvons en profiter ! Perfide frustration qui nous nargue de toute sa perversité !

Nous te parlons tout doucement, pour établir les indispensables d'un moment de réconfort chaleureux et néanmoins, le bruit de la mort qui règne dans l'unité nous parasite et nous happe dans une aspiration infernale.

Toutes mes pensées vont vers cette maman et toute sa famille.

Comment peut-on survivre à la perte d'un enfant ?

Je pense de nouveau à eux, qui sont partis et qui ne me quittent pas.

Toi, tu dois très certainement sentir ou entendre, car je vois avec ravissement tes yeux cligner comme lorsque l'on dort et qu'il y a du bruit ou une forte lumière qui nous dérange.

Mais malheureusement, je n'en perçois pas les ondes bénéfiques, le miel de l'allégresse : je suis anéantie par cette perte collective, en direct, de la raison, chez tous ces gens délabrés, lâchement meurtris, mutilés, frappés par le sceau du malheur.

Oui tes yeux clignent un peu et ta petite main logée dans la mienne bouge du bout de tes doigts fins.

Nous pourrions croire que dans ton sommeil profond, tu sembles vouloir me rassurer, et je t'en remercie.

De nouveau, j'ai la sensation que nous avons une chance inouïe, dans notre profond malheur, devant l'atroce réalité que vient de vivre une autre maman, une autre famille, qui, elle, part en direction de la mort.

Tu nous entends très certainement, peut-être de loin et d'une manière floue et confuse, mais c'est certain : tu nous perçois ! C'est sûr !

C'est à peine visible lorsque tes yeux clignent.

C'est à peine perceptible lorsque tes doigts essaient de serrer les miens, mais c'est réel. C'est bien réel !

Tu te bats, je le sais, je le ressens.

Paradoxe d'une atrocité morbide qui nous empêche de jouir pleinement de ces moments précieux !

Je frise presque la joie, je reste silencieuse le visage sans expression particulière, par respect.

Nous sortons dans la panique, bousculés par le deuil qui commence au box « 1 ».

Nous nous éloignons très rapidement sans retirer nos habits que nous retirerons dehors et partons de la même façon, sans ralentir notre marche.

La cruelle vérité s'ouvre de nouveau à nous. Elle nous rappelle en clignotant dans le franchement *rouge sang*, que la vie est un fil fragile, et bascule vite, très vite.

Cette nuit-là, malgré les somnifères, mon sommeil sera entrecoupé furieusement d'horribles cauchemars, doublés de sueurs froides.

Ta petite sœur viendra me rejoindre et se couchera dans l'autre petit lit que nous avons collé au mien pour nous endormir, main dans la main.

Ce jour 6, particulièrement brutal et tonitruant d'incertitudes, se termine et laisse dans son sillage la promesse d'une trace qui se grave dès ce jour dans la peau de nos âmes marquées par les sons de la mort et sa douleur, par les images du dérèglement de tous les sens de ceux qu'elle vient de marquer pour leur reste du temps, de ceux qui devront affronter l'absence et sa patience résignée dans une fuite, elle aussi éternelle…!

JOUR 7

« Ce n'est pas la justice qui est miséricorde, c'est l'amour ».

Henri Lacordaire
Pensées, 1872 (publication posthume).

Je me réveille, je regarde ta sœur dormir, je me lève, mon corps est tout engourdi, lourd du sinistre spectacle de la veille qui s'est déroulé devant nous, face à notre torpeur qui nous a laissés pétrifiés et qui a hanté toute ma nuit.

Je suis épuisée… tellement éprouvante a en effet été ma nuit, entrecoupée de sueurs et de cadavres, traversant ma chambre, comme une autoroute !

Me ressassant sans cesse que vivre au jour le jour deviendra ma devise.

Je ne peux plus me projeter dans l'avenir ni de près ni de loin, comme *avant*, même s'il me rattrape souvent, car je dois avancer pour Emma et Diego. Je le sais, il me rattrapera toujours de toute façon, devant ces morts, ces fantômes qui hantent mes nuits, nos deux anges partis trop tôt qui vivent désormais en moi.

Tout l'amour et tout le temps qui te seront consacrés ne seront jamais vains.

Une vague d'espoir m'envahit alors, mais seule, je ne puis encore rien voir perler, scintiller : dès que je plisse les yeux, c'est le sang, le sang, tout ce sang, que je vois…

Tout sent et a le goût du sang, même mes toux à répétition.

Malgré le cœur que les incertitudes enserrent, étouffent et alourdissent je fixe le ciel, le ciel, lui si bleu sans l'ombre d'un nuage, libre, dégagé et insouciant et je prie de toutes mes maigres forces.

Tes yeux ont cillé comme deux brèves veilleuses, mes phares dans l'obscurité de mes nuits.

Tes doigts ont bougé, ils ont même tenté de serrer les miens comme un petit garçon qui s'accroche à sa maman pour traverser la rue, juste parce qu'elle lui a demandé par peur de le perdre.

Reviens-nous, nous rendre nos sourires perdus et nos vies saccagées, en suspens.

Depuis ce premier jour ici, nous savions que cette nouvelle épreuve deviendrait la traversée du désert, sans eau ni nourriture, que nous chercherions une oasis, un mirage, un miracle, un signe.

Nous savions que nous devrions tromper la mort, la peur du vide.

Nous savions que quoi qu'il advienne, nous serions contraints d'affronter l'improbable à nos yeux.

Mais, pauvres de nous, nous étions dans le déni le plus absurde et complet ! Ni réellement au cœur de l'ampleur de ce drame, préférant nous réfugier ailleurs, au fond de nos cœurs et de nos espérances, mais pas ici, pas ici !

À présent, nous avons les yeux bien ouverts, trop ouverts, peut-être ?

Depuis hier, devant la mort, une autre dimension plus cruelle, supplémentaire, s'est rajoutée à l'inadmissible horreur où nous sommes déjà plongés.

C'est horrible, car cela va nous rendre plus forts dans la douleur, plus puissants dans le malheur.

Même si toujours abattus et dans l'attente d'un miracle, nous concentrons plus précisément nos forces liées.

Je vais essayer d'être plus présente et de moins m'isoler pour les miens, ma famille, celle qui me soutient et me tient à bout de bras : nous trois soudés plus que jamais pour enfin retrouver une réelle cohésion mutuelle et croire que de nouveau, nous serons quatre, quatre à lutter, quatre à nous battre, toute la vie s'il le faut !

Sans ne jamais les oublier, je vais me battre contre moi-même dans un dernier élan d'espérance et de force sourde.

Je ne veux plus souffrir à vouloir mourir, mais mourir à lutter.

Même si la souffrance est ancrée en moi à jamais et qu'elle est devenue ma meilleure amie, je vais me battre contre toutes ces ombres qui me hantent et me hanteront pour toujours, ***mais*** je ne peux fuir !

Cela va être insurmontable de devoir redevenir légèrement lucide, car mes refuges vont tomber comme des châteaux de cartes, l'un après l'autre. Ma bulle va éclater comme un ballon de baudruche.

Je veux puiser la force insoupçonnée en moi, afin de ne plus vivre dans la détresse.

Je veux être plus forte pour toi, pour eux, pour Emma, mais également pour moi.

Nous sommes au jour 7 et son lot paramétré de rituels de geste, de signes, de pas, de bruits, d'odeurs, d'angoisse qui rejoint le « box 7 ».

À ma plus grande propre surprise ! C'est à ma demande que votre père et moi partons une seconde fois au marché : j'ai besoin de respirer cet air qui me déplaît tant.

J'ai besoin de croiser des regards, des rires, d'affronter et d'être en capacité de voir des gens heureux en étant jalouse et pleine de cette même envie. J'ai envie d'éprouver… de recoller à la vie… ça repousse en moi, je le sens…

Je ne sais pas d'où me vient cette envie nouvelle, mais je veux la vivre pleinement.

L'espoir pleure au-delà de mes inquiétudes brûlantes, aux portes de l'enfer. Espérer, c'est s'exposer, c'est s'offrir à la douleur…

Les tourments inconsolables sont présents, et bouillonnent dans ce chaudron où je mijote (je ne me souviens même plus ne pas y avoir été !), mais une force tranquille et reptilienne s'installe peu à peu en moi comme un nouvel organe encore indolent, mais puissant et redoutable, qui fera désormais partie de mon être jusqu'à mon dernier souffle !

Un murmure apaisant m'envahit et m'enlace amoureusement. Je me sens une autre, une forte, cette fois. Et le délice de vaincre me titille jusque dans ma chair, comme le prédateur, au matin, se pourlèche de la gratifiante et savoureuse perspective de… *gagner !*

Cependant je côtoie toujours le néant qui s'abat aux portes de mon espace-temps et prend toute la place, dans ce vide pourtant sans fond, ce vide que j'essaie d'évincer et de combler par du vrai, du beau, du vivant, du parlant, du chaleureux, de l'embrassant, pour ne pas y être aspirée et errer hébétée par la peur, à attendre à jamais, la fin…

Qui sont ces tortionnaires ? Qui a commis l'irréparable ?

Où se trouvent vos deux âmes pures à cet instant ? Tes chers amis partis cette nuit-là, nos anges…

Je les espère auprès de toi, veillant sur ton sommeil, qui te parlent, t'expliquent.

Ne jamais oublier, pour toujours se souvenir, afin d'honorer leur mémoire et qu'ils ne disparaissent jamais.

Notre combat a commencé le premier jour.

Ton combat, mon enfant.

Nous sommes convaincus que dans ces moments de lutte, l'*après* ne sera que meilleur.

Mais ce présent de détresse et ces sentiments tumultueux qui nous submergent pour nous raccrocher à la vie sont en fait purement égoïstes.

Notre essentiel à nous, à nos yeux, c'est que tu ouvres les tiens.

Nous pensons à l'*après,* s'il existe ! Nous sommes conscients au plus profond de nos êtres déchirés que cela sera terrifiant pour toi.

Nos esprits nous le racontent tandis que notre infini amour pour toi nous leurre et nous dit des mensonges.

Nous implorons, nous nous raccrochons à un simple geste, un simple fait, un simple mouvement, l'idée d'un simple soubresaut…!

Le plus difficile reste-t-il à venir ?

Nous l'évoquons sans vraiment jamais en parler de manière explicite, sans doute fébrilement pour conjurer le mauvais sort ?

Il faut évincer l'inextricable vérité.

Nos seuls instants de paix s'installent lorsque nous sommes auprès de toi, devant ta silhouette de plus en plus amaigrie, où nous pouvons nous accrocher à toi, ton odeur, essayer d'entrer dans ton monde sans en détenir la clef miracle. Et nous te parlons pour habiter un peu chez toi, avec toi.

Un autre monde qui est devenu le tien dont nous ne connaissons ni la texture ni la couleur.

Nous ignorons tout de ce sommeil qui nous absorbe pourtant un peu plus chaque jour, défilant sur nos vies tâchées de sang et de l'odeur âcre de la mort.

Notre calvaire, nous le palpons à nous trois, sans vraiment oser le laisser pénétrer dans nos regards échangés.

Pourquoi nous infliger des mots qui sont déjà ancrés en nous et dont nous portons tous les stigmates visibles.

Unis plus que jamais, nous entremêlons nos forces dans un même faisceau ardent et résistant !

Ta sœur aura toujours cette même ligne de conduite et cette même grande et puissante intensité dans le regard. Elle ne dira jamais rien de négatif. Telle une Sage qui côtoie l'avenir et ses angles morts.

Elle continuera à vouloir nous porter au-dessus d'elle, se sentant la force d'assumer un tel poids à 18 printemps ! Une beauté, Déesse sacrée de granit !

Cela me fait tellement souffrir de devoir l'écraser de mon mal permanent, de l'étouffer de la présence inutile d'une mère qui ne reste plus à sa place et pire : lui cède la sienne. Je suis une friable… elle, pas ! C'est comme ça…

Souvent sans ne jamais lui avouer, je la regarde, si fragile et si forte à la fois. Ma fée clochette à moi !

Je la regarde lire et lire encore, seuls instants durant lesquels elle peut s'évader.

Parfois, elle doit sentir le poids et l'intensité de mon regard posé sur elle, elle lève la tête, me fixe, me sourit à peine et retourne au pays des mots qui lui sert d'oubliette…

Je voudrais lui dire que tout va bien, j'aimerais lui expliquer qu'elle n'a pas à lutter pour nous, que nous sommes ses parents. Je n'y arrive pas, je ne dis rien, car très égoïstement, je sais que son soutien m'est indispensable.

Je m'écœure.

Lucidement, je vois une jeune fille de 18 ans à qui la vie devrait sourire, mais qui porte un lourd fardeau dont elle ne pourra jamais se débarrasser tout à fait.

Elle grandira, fatalement trop vite, toujours les yeux rivés sur sa famille, elle portera toujours le monde sur ses épaules.

Déjà celui de sa famille… Mais c'est le lot des gens forts… je me console en me disant que c'est son carburant… venir en aide… nous, c'est notre gratitude émerveillée que l'on fait couler en secret dans son réservoir de bonté…

De sa bienveillance naturelle, sortiront d'autres aspects multiples et variés venant… *d'une mentalité différente…* quelque chose qu'on n'a pas tous… comme un plus… un truc qui irradie de l'intérieur, discret, sans qu'on le demande, quelque chose de… naturellement… beau !

Elle se battra désormais avec force et forgera tout autour d'elle, tout autour de son corps de jeune fille, une carapace impénétrable qui la fera changer et lui ôtera sa belle insouciance, mais, incontestablement, la façonnera. Et belle, elle l'est déjà…

Comme nous, elle a frôlé la folie ! Comme pour nous, cela restera gravé en elle pour toujours à un détail près, elle, elle débute sa vie d'adulte. Elle, elle commence à se construire.

Pour elle le luxe de la légèreté et de l'insouciance est déjà parti. Une première fois, lors de ses huit ans, puis à présent pour ses dix-huit.

Elle va construire sa vie sur des ruines de désespoir et des fragments d'horreur. C'est tellement injuste, et je pleure… ma peine est double, mon sang ne circule plus très bien dans mes veines… j'élargis mon champ de vision sur son avenir incertain et désormais dévoyé, auquel elle restera enchaînée.

Elle est toujours blottie dans le petit canapé avec un bouquin, et parfois elle ferme les yeux quelque temps, je me demande si elle se repose ou bien si elle réfléchit, si elle s'accorde une respiration vagabonde, si elle pleure, si elle crie de l'intérieur ou si elle prie.

Ici, nous avons tous pris, hélas, un rythme de vie, quasiment toujours le même comme des automates qui savent où sont leurs places et à quels moments ils doivent faire ceci ou cela.

Toujours se lever tôt, toujours téléphoner à l'hôpital, toujours empressés de savoir si ton état est stable, soulagés, aussi bizarrement que cela puisse paraître, nous n'attendons plus, fébriles, une voix évasive pour nous dire que tu es réveillé ou qu'il y a du mieux. Car jamais ces mots ne viendront à nous.

Résignés, nous vaquons à nos occupations.

Toujours ces réponses monocordes et brèves.

J'ai besoin d'un bain de bruits, j'ai besoin d'être immergée dans la foule et le brouhaha, pour m'étourdir et être, le soir, terrassée par la fatigue dont le courant est d'un flot plus porteur que celui de l'angoisse.

Je ne veux plus penser.

Nous sortons avec votre père, toujours tendrement à l'écoute de mes besoins.

C'est vital pour moi, il le sent.

Nous partons en expédition : le marché !! Au hasard !

Cette fois-ci je m'attarde plus devant les étals, je regarde, je vois, j'achète des babioles pour ta sœur, pour la voir sourire comme une flamme qui crépite dans un éclair une seconde ou deux, dans sa nuit, dans la mienne.

Votre père, ce jour-là, s'achète un panama blanc, puis retourne voir le marchand et en achète un second, noir, il me dit :

C'est pour lui, c'est pour notre fils ! me dira-t-il, presque embarrassé, dans cette courte phrase d'éternité.

Je n'ai jamais compris pourquoi il ne me disait pas ses rêves de te voir le porter, mais je lui ai toujours laissé ce moment avec toi sans ne rien dire.

À nous voir, ainsi, nous sommes comme tous les autres, comme un couple en vacances qui fait des emplettes, alors que nous ne sommes qu'un père et une mère brisés qui essaient de ne plus penser, de faire le vide, de faire semblant pour ne pas crever.

Nous achetons de la nourriture et nous repartons foulant le sol brûlant comme deux personnes lambda.

Nous croisons beaucoup de gens qui nous sourient. Je me surprends à y répondre et me demande comment ce sourire peut bien se traduire sur mon visage ravagé.

Nous marchons, nous échangeons quelques mots sur la fatigue qui nous ronge de l'intérieur comme une tumeur maligne. Nous sommes épuisés, ruinés, morts.

Je respire mal et pour la première fois je remarque que votre père courbe l'échine et commence également à rencontrer quelques difficultés À SE MOUVOIR…

Nous aimerions tant n'être pas prisonniers, au cachot, dans le noir…!

Nous déjeunons rapidement, et nous partons en bus pour te voir, car les garçons ne peuvent pas nous emmener.

Aujourd'hui, ton amie Elvi arrive, et elle a en sa possession notre sac, si précieux à nos yeux.

Je ne la connais que de nom pour en avoir beaucoup entendu parler comme beaucoup de tes amis à une certaine époque de ta vie.

Emma lui a donné rendez-vous sur la terrasse de la boulangerie.

Ce sera donc sur cette terrasse, devant cette boulangerie, devant cet hôpital où nous nous rendons tous les jours, deux fois par jour, de plus en plus péniblement, devant ce bâtiment austère où nos habitudes ont élu domicile, malgré nous, que nous allons la voir.

Elle est installée devant un repas, deux personnes sont avec elle, dont une fille que tu connais.

Je la découvre enfin, elle est si chaleureuse et agréable, elle nous tend notre cher sac que nous avons tant attendu !

Puis elle émet le désir de pouvoir te voir et te parler, sa demande entrecoupée de sanglots nous semble légitime, vous étiez si proches !

Elle entrera avec nous dans les couloirs qui grincent de l'effroi de la mort, jusqu'au « box 7 », avec ta petite sœur et pleurera devant ton corps qui dort. Elle t'a connu si vivant, si drôle, si remuant, qu'elle supporte manifestement très mal.

Lorsque, avec votre père, nous prendrons le relais, je la croiserai, en larmes et choquée, comme j'en croiserai d'autres qui viendront également et qui n'avaient pas du tout la notion de ton gravissime état.

Le box « 1 » est vide, je presse le pas.

Moi, j'ai un rêve à construire, moi, et ce rêve c'est toi !

Je me fais toute douce, je t'explique, te raconte, mais comprends-tu ?

Je te tiens la main comme d'habitude et comme d'habitude je te demande de revenir de ce lointain voyage où tu sembles vivre des instants de plus en plus paisibles. Quand reviendras-tu ?

Parfois je sursaute devant tes toux tonitruantes qui te secouent et font de toi un pantin désarticulé qui nous effraie.

Cela nous fige, nos lèvres se crispent, aucun son ne peut sortir, nous laissons les soignants s'occuper de toi devant nous, impuissants.

Les hurlements des machines qui détectent des soucis m'abrutissent de peurs qui me glacent.

À chaque fois je me dis que c'est fini, que tu pars pour toujours, je ne maîtrise plus ni mes tremblements ni mes yeux aveuglés par la terreur.

Ils arrivent, replacent quelques branchements et nous laissent dans le silence reposant du retour de ton souffle qui s'échappe ces tuyaux désormais familiers.

Parfois j'ai l'impression d'être droguée. De nouveau, je me demande : « serait-ce les effluves de morphine et autres substances s'échappant de ces mêmes tuyaux qui m'enivrent et me rappellent le souvenir de ton doux sourire ? »

Ils nous disent que cela arrive.

Vraisemblablement, ce qui nous semble toujours improbable et terrifiant est, pour le quotidien du service, au sein de cette unité, tout à fait fréquent.

Encore des frayeurs.

Encore des sueurs.

Encore de lugubres peurs.

L'état quasi permanent de notre stupeur – que malgré tout, nous redoutons ! – a fait de moi, de nous, des personnes de plus en plus faibles et rompues. De vagues zombies effarés !

À terre et atterrées.

Nous sommes de plus en plus fragiles et presque pitoyables comme la misère noire qui nous écrase, comme le chagrin qui petit à petit nous consume !

Nostalgiques de notre beau passé, aussi médiocre et tortueux fut-il parfois, notre passé, donc : un Eldorado, un souvenir lointain qui ne reviendra plus.

Un rêve inaccessible.

Impossible à rattraper.

Je ferme les yeux très fort et lorsque je les ouvre à nouveau, dans le bien ridicule et naïf espoir qu'une opportune réinitialisation aura opéré… mais, résultat, je n'ai toujours pas la force ni d'avancer ni encore moins de gravir, à peine une marche !

J'aimerais être à nouveau, cette petite fille menue dans les jambes de sa maman, refuge de douceur, de confiance et de beauté.

Des larmes, pour ne pas changer, arrosent mes joues détrempées, qui, comme les doigts qui vont bientôt friper – des enfants qui ont trop longtemps séjourné dans le bain à y jouer, s'éclaboussant de leur insouciance, de la joie de leur jeunesse heureuse – si je ne sais toujours pas mieux les retenir…

Mon cœur qui ne sait plus dire *oui* à ce temps enfui, avec ma mère, au temps de mon insouciance à moi, car mon cœur, c'est moi qui ne saurais donc plus dire à ce *oui*, qui représente l'espoir.

Je ne distingue plus les sentiments de beauté, je ne parviens plus à oublier les frayeurs nocturnes, ces mêmes frayeurs qui étaient miennes, petite, resurgissent en plus fulgurantes et ne me quitteront plus comme le bracelet que portent les condamnés.

Dehors ils discutent tous. Elvi me prend dans ses petits bras fins, malgré son séjour ici, ce sera la seule et unique fois que je la verrai.

Elle sera néanmoins très présente pour ta sœur ! Elle fera tout pour que son esprit soit absorbé par des choses moins morbides, comme d'aller au restaurant ou boire un verre, des choses de son âge… et cela n'a pas de prix.

Lui apporter un peu de futilité afin qu'elle survive à ces instants sombres et mortels.

Elle, si forte et si fragile.

Mon amour de fille, que pourrais-je te dire ou faire afin d'apaiser ta lourde peine qui est également la mienne ? Mais je veux que tu réduises ta part, cette part de la mienne que, si vaillante, tu m'as héroïquement subtilisée !

J'aimerais, en effet, alléger ton âme. Mais je n'y arrive pas, j'y songe sans cesse, mais je ne peux pas, n'y parviens pas.

Comme je songe à l'honneur que tu nous as offert d'avoir eu 19 à ton oral de baccalauréat que nous n'avons pas pu honorer comme il se doit, ton entrée en terminale à la fin de cet horrible été que je ne peux dissocier du goût du rejet tant il me donne cette affreuse et persistante nausée abjecte.

J'espère que tu me devines, ma fille, que tu sais au plus profond de toi que même si encore une fois tu es mise de côté, *dans les faits,* qui régissent le décousu de notre déambulation quotidienne, *dans ma tête et dans mon cœur*, tu occupes autant de place que lui.

Elvi a commandé un taxi pour rentrer à son hôtel situé face à la mer. Nous, nous allons prendre le bus.

De sa gentillesse légendaire, elle nous dépose au pied de notre immeuble.

Geste exquis pour nos corps usés.

Nous sommes de nouveau dans cet appartement qui me semble de plus en plus hostile, étroit, cauchemardesque ! Une cellule ! Mais qu'a-t-on fait, bon sang ?!

Effrayant !

De mauvaises ondes rôdent, nous longent, s'insinuent. Endoloris par le doute, nos âmes échinées, courbatues, rincées, vannées, bousillées par la volée de morsures des coups au cœur.

Nous sommes des jouets claqués… et nous nous donnons à qui voudra nous prendre : la mort, la vie… tout nous va… nous sommes las… les larmes nous viennent, sans même plus y être invitées…

Au repos, enfin, après avoir fumé une cigarette sur le balconnet, je prends mon cahier et je t'écris, je t'écris pour te dire, je t'écris pour que tu saches.

J'entends ta sœur pousser de petits cris aigus de joie en découvrant nos affaires et chaussures d'été, notre chez nous est arrivé ici.

Je fais une courte pause… je dresse l'oreille… cela me fait un bien fou, mais surtout un immense plaisir gourmand et délicieux de l'entendre s'exprimer autrement que par de la douleur. Ici… où le rire est banni, interdit.

Je bondis et je pose tout pour la rejoindre.

Dans l'embrasure de la porte de sa chambre, je la regarde, heureuse pour un instant… cet instant que je savoure, un léger sourire aux lèvres, mon Dieu… qu'elle est belle…!

Une lettre accompagne nos vêtements, écrite par Lolo et Cloclo. Merci à elles deux pour cet instant précieux de bonheur et de joie intense au milieu de cette tempête interminable.

« J'écrivais des silences, des nuits, je notais l'inexprimable. Je fixais des vertiges ».

Arthur Rimbaud (Une saison en enfer).

Je retourne écrire en attendant le privilège d'être auprès de toi, de me recoller au plus près de ton petit corps décharné.

Durant ces visites du soir, avec Emma, nous resterons avec toi bien évidemment. Néanmoins, nous serons plus acharnées à chercher le médecin qui s'occupe de toi. Nous ne le croisons que très rarement : nous allons le traquer sans lâcher. Il n'est jamais très loquace.

Cette fois nous comptons nous planter devant lui avec très certainement, dans les yeux, une détermination plus *féline*, car, cette fois dès que nous l'interceptons : il prend le temps de nous entraîner dans un petit coin de l'unité et de nous expliquer plus en détail et plus précisément, ce qui nous manque tant, ton état et son évolution.

Au fur et à mesure de ses explications il scrute nos émotions.

Nous restons de marbre comme pour le forcer à, enfin, tout nous dire.

Ras le bol de nager dans le néant, cela nous plonge d'une façon toujours plus vertigineuse dans le supplice du vide.

Nous l'écoutons avec grande attention, et l'on fixe notre attention d'yeux cernés, le mieux qu'on peut : nous ne comprenons pas toujours tout, nous insistons, nous sommes horrifiées, mais tenons debout et lui faisons face. Nous sommes déterminées à tout entendre.

Nous savons à présent que ton sommeil reste profond et que de multiples interventions sont prévues si tu ouvres les yeux, car ton visage n'est plus et que ce n'est qu'un côté de l'iceberg, l'intérieur n'est que bouilli.

Nous retournons vers toi et nous essayons sans trahir nos émotions de tout t'expliquer en détail, nous voulons que tu saches afin que tu puises la force de te réveiller et te battre encore dans des souffrances intolérables, mais utiles à ta survie. Il faut t'armer !

Nous, nous écoutons et pour ta sœur, je ne sais pas, mais moi, je me demande si la folie ne va pas me saisir, là, maintenant, pour m'emporter à jamais et pour je ne sais où, alors que je m'entends tenir un discours explicatif et mobilisateur quand, chez moi, toutes les lumières viennent définitivement de s'éteindre.

Nous quittons l'hôpital.

Ce soir, ils partent tous au restaurant. Je décide de rester seule à l'appartement. Je réfléchis à notre avenir et je jette de l'encre sur mon petit cahier.

T'écrire me permet de franchir toutes les distances et de rester avec toi.

Quelle journée riche en émotions, multiples et variées !!

« J'ai mal… dit le cœur,

Tu vas oublier… dit le temps,

Mais je vais toujours revenir… dit la mémoire ».

Auteur anonyme.

JOUR 8

« Qui donc devant l'amour ose parler d'enfer ? ».

Charles Baudelaire
Femmes damnées.
Les Fleurs du mal, 1857

Le soleil planté sur mon visage, est joueur ce matin, s'ingénie à travers les fenêtres de la chambre de ses espiègleries qui me sortent de mon sommeil, déjà si léger.

Il est tôt, la maison dort, c'est calme.

J'ouvre plus grand les yeux, mais avec difficulté. J'attrape une cigarette et la fume dans mon lit en regardant le plafond avec qui j'ai instauré un dialogue forcé, *parce que c'était lui, parce que c'était moi...*

Je pense à Orso et Flo qui sont le plus souvent possible près de nous et avec toujours cette même volonté de nous soulager, nous soulager pour le trajet, mais également moralement.

D'autres sont venus, d'autres passeront une seule journée, d'autres viendront, dans la précipitation, resteront plus longtemps, sans rien sur eux, avec élégance et amour intense.

D'autres également seront toujours présents au téléphone, ils seront forts pour nous, même si souvent, à travers leurs voix je perçois leur détresse.

Deux d'entre eux, Farid et Mohamed nous aideront même financièrement à leurs frais afin que nous puissions rester.

Ils se reconnaîtront. De tout cœur, *MERCI.*

Je regarde toujours ce plafond en recrachant la fumée et à travers ce brouillard, je réalise combien nous sommes entourés de présences masculines : tes amis, tes frères, ceux avec qui tu as grandi, ceux aussi que tu as rencontrés plus tard, néanmoins toujours présents, qui forment une ronde autour de nous, autour de toi.

J'entends leurs prières.

Des frères qui t'aiment.

Dieu en est témoin, tu en as beaucoup.

Ils deviennent notre famille. Parfois, c'est vrai, nous pestons sur certains qui peuvent avoir des paroles maladroites, car nous sommes à fleur de peau et à fleur de vie, mais ils sont nos guides, sans eux rien ne serait ni pareil ni possible.

Ils sont et seront dans mon cœur à jamais et pour toujours pour tous ces actes d'amour infini qu'ils nous offrent chaque jour, chacun à leur manière.

Je me sens comme une biche à l'orée du bois, innocente, naïve et menacée.

Menacée, mais protégée par chaque être présent tout au long de ce calvaire que nous traversons.

Après avoir écrasé une seconde cigarette, j'entends la maison qui se réveille, de tous ces bruits familiers.

Je me lève pour le câlin matinal, incontournable et crucial pour nous. Un câlin empreint de douceur et de force à la fois, comme pour nous communiquer et partager les quelques forces qui nous restent.

Je me *pose* dans le petit canapé… je pars un peu… les yeux fermés… dans l'avant, le jour de l'oral de ta sœur, ce jour où elle a réussi à avoir cette incroyable note, ce fameux oral qu'elle a passé la veille du drame, lorsque nous étions encore, malgré une vie rude, baignée par la quiétude.

L'*avant* nous apparaîtra toujours meilleur et enclin à trouver le chemin du bonheur, celui de pouvoir se frayer un passage afin de retrouver l'insouciance, même la frôler, seulement.

J'ouvre à demi les yeux. J'entends votre père qui appelle l'hôpital, geste qui depuis le début nous est vital pour entamer une journée. Nous apprenons que ton état est stable, mais un soupçon de mieux se profile.

Un soupçon de mieux. Que cela veut-il dire ?

Ils sont curieux ces médecins avec leurs paroles complètement connes et creuses à mes yeux, des attitudes gestuelles, verbales, formatées, toutes faites, qu'ils lancent comme autant d'os à ronger pour les miséreux attentistes que nous sommes !

Votre père nous explique que le soupçon de mieux veut dire que ton hématome cérébral s'estompe encore. *Je comprends un peu mieux…!*

Emma et votre père sortent acheter du lait.

Moi j'attends. Je ne fais rien, toujours à moitié assise dans le sofa en attendant leur retour. Dans ces moments-là, le temps passe toujours lentement, le temps ici est aléatoire. J'interroge le plafond qui accepte de reprendre notre dialogue de fond et qui se prête ainsi, bien volontiers, à cet échange primesautier.

Ils reviennent, je vois ta sœur satisfaite, un semi-sourire sur ses lèvres. Elle me paraît épanouie ou alors c'est moi qui veux la voir ainsi tant elle ne l'a pas été depuis des jours et des nuits !?

Son regard pétille, sa gestuelle retrouve sa grâce, sa marche est allègre. Même… elle rit !

Votre père tient un gros sac, j'ai l'impression qu'ils sont pour un court instant dans un état d'extase absolue durant lequel ils oublient l'insoutenable réalité.

Ces instants sont précieux, si précieux.

Elle déballe avec frénésie sensuelle un carton et en sort une grosse enceinte en forme de dé blanc et noir, puis quatre ou cinq bouquins.

Elle mérite tant ma fille ! Pourtant, malgré cette immense joie, je la sens vite rattrapée par le fond de l'ombre de nos ténèbres.

Je décide de me lever, il est hors de question de lui voler ce moment, ce moment que nous devions fêter lors de ses résultats.

Nous faisons tout pour ne pas dévaloriser cette note extraordinaire et ce moment qui n'appartient qu'à elle.

Je n'arrête pas de penser qu'elle est géniale et que moi, je ne suis pas du tout à la hauteur de son excellence.

Nous installons tout, nous mettons de la musique italienne, nous chantons, nous dansons, nous sommes heureux.

Que c'est bon de vivre…!

Que c'est bon d'oublier un court instant ! Un doux instant, libre de toute empreinte dramatique.

Merci ma fille, d'être aussi forte, aussi brillante, aussi protectrice, aussi lucide et posée.

Merci à toi. Désormais, j'aimerais que tu lâches prise, que tu reprennes ta place de jeune fille de 18 ans et que tu nous laisses tenter d'être plus combattants afin que ce rôle qui pèse lourdement sur tes épaules, qui ne t'incombe pas et que tu n'as pas à assumer, au moins, s'allège…!

J'aurais tant souhaité que nous fussions ailleurs et que nous pussions honorer comme il se doit cette très jolie note. Mais le présent a tôt fait de nous repérer, de nous rattraper et oui… nous sommes ici, emprisonnés dans la douleur qui est devenue une compagne qui foule à nos côtés le même chemin épineux, tortueux.

Tu mérites tellement mieux Emma !

Il est souvent difficile, voire impossible, d'être divisés entre deux sentiments concernant nos enfants.

Dans le cas présent, un des deux se bat contre la mort au détriment de l'attention que nous devrions porter à l'autre, fait normal, naturel, nous nous concentrons prioritairement sur le caractère possiblement irréversible de la situation de l'un, qui peut, à tout moment, nous quitter pour toujours.

Notre concentration, nos efforts, notre souffrance l'emportent pour que tu vives.

Nous sommes dans une sorte de mixeur dans lequel nos esprits n'ont plus le temps d'être objectifs tant nos cerveaux sont secoués jusqu'à perdre notre équilibre et notre objectivité.

Notre sens commun est en effet rudement mis à mal, et mes raisonnements, la manière dont je les gère – j'en ai quand même conscience ! Tout n'est peut-être pas perdu… la lenteur avec lesquels je les traite et les interroge, oui, mon Q.I. résiduel du moment, ne doit pas dépasser les 2 chiffres et sans doute pas caracoler aux meilleures places de la plus brillante dizaine…!

La lucidité fait bien trop souvent place à l'abandon de soi.

Cette matinée du jour *8*, a défilé comme le vent soufflant au sommet des montagnes, dont on aperçoit les crêtes, là-bas, au lointain, où la sérénité semble régner dans le silence bienveillant.

Le temps d'avaler quelques denrées et nous devons nous presser pour ne pas rater le bus, problème bien placé, sur ma liste des premières angoisses de la journée !

Le plus souvent possible lorsqu'il y a de la place, nous aimons nous installer tout au fond, comme dans ma jeunesse, le coin de remuants, assis les uns à côté des autres, aujourd'hui, ta sœur toujours entre nous.

En général, même encore aujourd'hui, cette place est convoitée par les enfants pour pouvoir faire quelques bêtises, ou mettre l'ambiance que tous les autres envient.

Pour nous, c'est juste le moyen d'être serrés ensemble, l'un contre l'autre.

Je suis toujours côté vitre. Je m'autorise le droit de regarder, tout autour de moi.

En bas de la citadelle, un détail auquel je n'avais jamais fait attention, m'attire cette fois, justement. Il m'interpelle réellement : face à l'immensité de la mer si bleue se dressent des immeubles insalubres, du linge pend à toutes les fenêtres, cela ne ressemble pas à des habitations, on dirait des espèces de cavernes dans la roche, qui penchent en avant.

On dirait que toutes ces habitations où vivent des familles vont s'écrouler d'un moment à l'autre, tant cela semble déserté par les notions d'entretien, de respect des conditions minimales de décence, d'existence.

C'est écœurant à regarder par rapport à toute l'opulence qui s'affiche un peu partout ailleurs, ici. Je réalise qu'ici, existent des quartiers entiers consacrés à certaines castes.

Et je réalise, aussi, que c'est une bien triste et navrante réalité humaine…

Je ne découvre pas maintenant, c'est sûr, cette révoltante abomination, mais de la prendre en pleine face aujourd'hui… m'éclabousse de dégoût.

Le bus roule à vive allure. Nous sommes secoués de droite à gauche puis d'avant en arrière, les arrêts sont brusques, les autres personnes ont l'air d'être habituées. Ça se lit dans leur regard vers nulle part, sans but dans le lointain des vitres, le même regard qu'ont tous les passagers de tous les bus du monde entier.

Nous arrivons au pied de l'hôpital.

Nous montons, nous marchons.

J'éprouve toujours, voire un peu plus cette difficulté, croissante, c'est vrai, pour enfin arriver près de notre banc, qui s'est vraisemblablement arrangé pour nous offrir le loisir de toute son assise. Nous pouvons nous rafraîchir et attendre l'heure des visites.

Orso arrive un peu plus tard, ce jour-là il ne sera pas seul, mais accompagné d'un autre frère, Nabil. Un frère de notre ville qui était en vacances dans le sud du continent avec sa fiancée Ludivine.

Du jour au lendemain, sans beaucoup d'argent ni de vêtements, il a décidé de nous rejoindre, de te rejoindre.

Il ne pouvait plus rester éloigné de toi, il ne pouvait plus se satisfaire de nouvelles par les ondes du téléphone.

Quelle belle et grande surprise ! Je vois sa bouille et je pleure.

Pourtant je ne le connais pas si bien, même si je l'ai vu très souvent, mais toujours fugacement.

Il me regarde de son regard froncé. Il s'approche de moi, il ouvre grand ses bras où je m'y réfugie immédiatement. Il me parle, me rassure, me console pendant que moi je pleure. Comme s'il m'accordait une séance de régénérescence que je ne me refuse pas.

Je le regarde, son visage est assez fermé et dur, plus que d'habitude. Il est complètement métamorphosé ! Je découvre à travers ma pluie de larmes, un regard plein d'empathie, mais pas seulement, j'y vois également de la souffrance, de la haine, de la peur.

Ses lèvres sont crispées, les traits de son visage en disent long, ta sœur et votre père s'approchent et, avec la même intensité sincère, il les prend dans ses bras.

Je ne le verrais plus jamais de la même manière. À ce moment précis, il devient comme les deux autres, un membre à part entière de notre famille de souffrance.

Il va lui aussi nous soutenir avec force et courage.

Il va te couver du regard, prier, pour que tu reviennes, mon enfant, mon amour.

Il nous présente sa jolie petite fiancée, toute gênée d'être devant nous dans de telles circonstances.

Ludivine est adorable, je vais m'asseoir auprès d'elle sur un banc en pierre, nous parlons très naturellement.

Je me dis que nous avons une chance inouïe de voir toutes ces bouilles de gosses qu'ils étaient, il n'y a pas si longtemps, que j'ai parfois réprimandés et qui sont des hommes, à présent, près de nous, des hommes forts et courageux, volontaires et qui t'aiment si fort. Désireux de nous protéger.

Lui, est assis un peu plus loin, son corps longiligne est très animé, il ne tient pas en place, répond vaguement aux autres, il est dans ses pensées, ses envies pressantes de te voir.

Du coin de l'œil, en continuant de discuter avec Ludivine, je l'observe, je lis sa stupeur face à une réalité à laquelle il refuse de s'astreindre.

Je le perçois d'où je suis assise : il lutte ! Cette réalité qui lui a tiré ses jolis traits de jeunesse, je lis la souffrance et l'incompréhension de se retrouver ici, dans ce nulle part inacceptable, intolérable !

Très certainement, les mêmes signes qui se lisaient sur nos visages déformés, la première fois que nous nous sommes retrouvés en ce même endroit.

Je me lève, je vais vers lui, je lui demande avec qui il veut entrer pour te voir. Encore un peu dans ses pensées, il me répond qu'il ne sait pas, puis il réfléchit et me dit comme dans un questionnement : « avec toi ? ».

Il me pose des questions, il veut en savoir plus sur ton état, il a besoin de savoir comment les visites se déroulent avant d'arriver au « box 7 ».

Je me surprends à procéder, presque en professionnelle, à des explications méthodiques, structurées, en restant impassiblement stoïque.

Je donne toutes les informations et rites à respecter, cela le rassure, il est moins nerveux.

Arrivés auprès de toi, comme à mon habitude, je te parle, je te prends la main, je te dis que ta sœur et votre père vont arriver.

Lui, ne dit pas un mot, je vois juste ses lèvres bouger sous l'injonction, les suppliques de ses prières intérieures.

Puis il te parle, il te dit qu'il est là, j'entends en retenant mes larmes : « frère, je suis là », « mon frère, nous allons faire comment sans toi ? », « déconne pas frérot, déconne pas poto ! ».

Son regard est empli de rage et d'amour.

C'est d'une tristesse infinie dans laquelle il me replonge.

Puis je sens ta main bouger dans la mienne, je lui dis de prendre ton autre main afin qu'il sente la portée de ses prières et de ses paroles…

Je veux également que toi, tu saches du fond de ton sommeil, qu'il est là.

Sa voix s'associe au toucher, il est ému, je crois.

Je ne pense pas qu'une seule fois dans votre vie d'amis vous ne vous êtes pris la main autrement que pour vous la serrer, cette fois c'est différent, il la prend pour te protéger.

Juste avant de te quitter, je me hisse de toutes mes forces pour te baiser le front, il me regarde et fait de même.

Nous sortons, il me regarde embrasser la vitre du « box 7 ».

Nous croisons ta petite sœur et votre père et nous nous sourions. Comme c'est émouvant… : se dire, se crier *tout*… sans un mot…

Nous rejoignons les autres dehors.

Je dois faire tant pitié, car tes amis me regardent toujours de la même façon, me proposant toujours une cigarette, une canette pour me désaltérer, essaient à défaut de me faire rire, sourire et moi pour les remercier, je leur souris.

Là encore, ils savent tout ce que mon sourire leur dit, tendrement.

Cette après-midi, Amir qui est parti de Paris avec toi pour venir travailler ici a démissionné, il ne peut plus rester sur votre lieu de travail sans vous.

Demain, il repartira pour le continent.

Nous allons l'héberger jusqu'à son départ.

Je devine que cela va être douloureux, une nouvelle épreuve, encore.

Mais je sens encore ta petite main dans la mienne et ma respiration se fait plus harmonieuse. Elle se cale sur ton souffle et je me sens bien…

Dehors, nous nous posons, moi je m'écroule lourdement éprouvée de fatigue et submergée d'émotions.

Toujours cette chaleur écrasante qui m'opprime.

Mon cœur, lourd, ne supporte pas… plus.

Néanmoins, lorsque je regarde autour de moi, je me dis qu'un autre petit noyau se forme, une nouvelle petite famille qui nous aidera à avancer encore au-delà de nos forces.

C'est à chaque fois, éphémère, mais malgré l'ensemble de tout ce qui nous assomme, nous confit dans notre jus d'impuissance, cela nous fait un bien fou.

Ils sortent de cette même manière que nous empruntons tous.

Toujours un peu rapidement et le regard vide, fixé au sol avant de quitter cet air aseptisé, de récupérer et de retrouver le bon air, le vrai.

Je suis dans le même état lorsque je te quitte. Je m'empresse de sortir, je cours presque. Ton visage devant les yeux. Toujours.

Te quitter est parfois un soulagement mêlé à une angoisse poignante, comme si nous désirions nous sentir encore plus vivants et quitter ce lieu morbide où la vie semble avoir du mal à battre.

Sentiment purement égoïste que j'assume très mal et pleinement en même temps, car sans cette part de survie je ne pourrai remettre un pied au « box 7 ».

Je comprends peu à peu, que ma présence constante ne servait, finalement pas à grand-chose, je comprends que tu es constamment entouré, surveillé, soigné.

Ce n'est pas facile à admettre pour une maman de délaisser son rôle, mais je comprends enfin.

Nous fumons tous ensemble une cigarette.

Ceux qui viennent d'arriver sont fatigués et doivent trouver un endroit pour dormir, exploit en cette période !

Nous allons nous séparer pour mieux nous retrouver aux visites du soir.

Sur le chemin du retour, dans le bus, je pense énormément à Amir qui va arriver, que nous allons héberger jusqu'à son départ et j'essaie d'imaginer cette soirée avec un étranger à la famille, dans notre location plus une nuit où il sera présent.

Ce n'est pas une bonne idée ni pour nous ni pour lui je pense, mais il n'a nulle part où aller.

Je sais par avance ce que je vais ressentir et je n'ose pas l'imaginer.

Je me cale alors contre la vitre et je regarde défiler les paysages. Pour enfin, m'endormir.

J'ai eu le temps de ranger un peu et de faire quelques courses. Puis il arrive en taxi.

Nous nous retrouvons une seconde fois face à face, la première fois, c'était au jour 2.

Une gêne s'installe très distinctement.

C'est extrêmement difficile pour nous.

Nous le regardons déposer ses bagages dans une des chambres que nous lui cédons pour cette nuit, celle de votre père.

Il s'installe, il bouge, il vit.

Il revient avec un petit sac à la main qu'il me tend, à l'intérieur il y a d'autres effets personnels qui t'appartiennent, je remercie, je n'ouvre pas.

Je vais le déposer dans ma chambre, sur mon lit comme un cadeau offert que l'on tarde à ouvrir pour faire durer le plaisir, des effluves de ton parfum s'en échappent.

Dans ce cas précis, ce n'est pas pour faire durer le plaisir, c'est juste que je n'ai pas la force, là, maintenant de découvrir d'autres vêtements et objets qui respirent ton odeur, que tu as touchés, et tout empreints des ondes de la villa.

Ton odeur me hante, cette odeur que j'avais retrouvée dans ta valise, puis dans ta sacoche. C'est fragile une âme, un cœur, c'est fragile le *tous les jours,* c'est fragile *l'exceptionnel*...

Je retourne au salon : boissons fraîches et collation sont sur la table.

Il sort son ordinateur portable, il parle beaucoup, il est perturbé et aggrave ma propre perturbation.

Il parle de vous, de toi, de l'*avant* que l'on a en commun et de son désarroi.

Il raconte que sans vous l'ambiance était pesante, que même les clients n'étaient plus pareils.

J'aimerais lui dire de se taire, je me contente de l'écouter.

Il nous fait voir des photos, des moments où vous êtes ensemble, c'est juste insupportable !

Il veut nous faire plaisir : il nous achève !

Il ajoute que de voir la chambre que vous partagiez vide, n'était plus vivable.

J'ai envie de hurler, je pense que lui aussi.

Il est comme pris dans un ensemble d'engrenages faits de reconnaissance, de simple politesse, de sentiments vrais et archaïques dont il se retrouve coincé par les rouages naturels : c'est cruel, pour lui et pour nous.

Il est complètement déstabilisé et choqué.

Il a vécu ce drame plus que tout le monde, il est le témoin des détails qui nous manquent !

Nous avons tous le même visage fermé, cela nous plonge dans une indicible souffrance qui n'arrête pas de se déplacer d'un organe à un autre.

Nous sommes comme roués de coups de l'intérieur.

J'ai la gorge nouée, serrée, sèche. Articuler quoi que ce soit m'est impossible.

J'imagine d'après ses récits, tous ces endroits où vous étiez, où vous viviez, que je ne connais pas.

J'imagine pour pouvoir percevoir, intégrer les plus récents moments de l'*avant*.

Mes sentiments sont meurtris, envahis de visages morts. Plus rien ne réagit en moi : je ne pleure même pas… je ne sais plus…

Il continue dans ses grands récits détaillés qui me piquent comme des aiguilles et m'aveuglent désespérément. Je souffre…

Cela lui fait du bien, à lui : des souvenirs l'animent.

Je te vois en même temps prendre des pauses, rire, déconner sur ces photos choisies à la volée qui toutes trahissent la joie et la plénitude… et en même temps dormir, les mains gelées et le corps tout maigre au « box 7 » comme je te couve de mes caresses maternelles chaque minute qui m'y est accordée, toi, inerte sur ton lit.

Il nous livre des anecdotes, parfois il sourit, mais ses yeux sont vides.

Nous, nous sommes juste spectateurs de ces souvenirs qui n'existeront plus jamais qu'en tant que tels.

Pour moi, tout ce déballage est trop déconcertant et trop violent… je pars à la cuisine leur préparer du café, mes mains tremblent un peu, mes jambes aussi.

Il doit se rendre compte que cela nous bouleverse et nous détruit un peu plus, car il stoppe son exposition qu'il aurait voulue bénéfique…

Il ferme son ordinateur portable où tu figures, là aussi inerte sur un disque dur. Il nous parle de ses projets futurs.

Projets… que ce simple mot me semble dérisoire. Moi je pense, j'espère simplement à ton futur…!

Je pressentais que ces moments seraient insupportables.

Le corps tendu, je revois toutes ces photos qu'il nous a montrées et qui me tournent dans la tête comme un manège infernal.

Inlassablement je revois et j'entends ton rire qui me hante.

Ta sœur qui n'y tient plus s'enfuit littéralement et va se réfugier dans le petit sofa.

Elle s'enferme dans la lecture d'un nouveau bouquin pour évacuer n'importe où, mais *ailleurs*.

Avec votre père, nous restons assis, à table avec lui, par pure politesse, mais nos pensées sont, *en mode protection*, bien loin déjà.

Il parle souvent de son départ imminent (et je l'envie !)

Quand pourrons-nous, nous envoler ?

Le temps est passé rapidement.

Nous sommes attendus en bas de l'immeuble pour partir aux visites du soir. Nous partons toujours en avance pour éviter tout retard et frôler le risque de te posséder moins longtemps !

Il vient avec nous te dire au revoir. Il est consterné devant ton corps amaigri, lui qui nous parle très souvent de musculation.

Il ne te parle pas et n'ose pas te toucher, tu es devenu si fragile. Je le trouve presque indécent, car d'autres auraient aimé être à sa place.

Il est ému, j'imagine que ce doit être compliqué pour lui, il vit également un cauchemar et il était planté au cœur du drame.

Il est abasourdi et réalise de nouveau l'ampleur de cette catastrophe, car il me dit dans un débit fou de paroles :

— J'aurais dû être avec eux, comme d'habitude. Ils ne demandaient qu'à travailler et ils se sont trouvés piégés au mauvais endroit, au mauvais moment.

Son regard vrille dans le vide comme s'il se remémorait ce fameux soir, cette nuit-là où tout a basculé.

Il m'agaçait un peu j'avoue, moi, dans mon irascibilité viscérale, et là il me touche profondément et, étonnamment un sentiment nouveau s'installe en moi : la haine !

La haine de ces gens qui n'ont pas réfléchi et qui ont tué.

Je te regarde et ce sentiment s'amplifie de plus en plus pour ne plus jamais me quitter.

La souffrance et la haine ont conquis mon cœur déjà piétiné.

Tout semble irréel, si présent et si lointain à la fois.

Je suis de nouveau confuse.

Je suis entre la réalité et l'envie de ne plus penser, de ne plus exister.

Mes yeux, dans un réflexe maternel d'aide à ta reconstruction, fixent ton visage abîmé, ton petit corps maigre, fragile, je te regarde et il est l'heure de te quitter.

Je te baise le front mon enfant, mon amour, je vais me battre, mon enfant, mon amour.

Nous partons.

Dehors avec tous les autres, je regarde ta sœur qui, elle, ne regarde nulle part, son visage est crispé, plus que d'habitude.

Ma fille je te regarde et je sens que tu es comme une cocotte-minute prête à exploser.

Tu t'éloignes, tu pleures, tu hurles de douleur, tu t'effondres au sol, un ami te ramasse, tu te débats puis tu acceptes de t'asseoir sur un banc plus loin, ivre de douleurs.

Ma fille je te suis du regard et à cet instant je veux mourir. Je n'y arriverai pas…!

Pourtant je suis presque soulagée de te voir, *enfin*, craquer, comme si ta force et ma fragilité avaient établi entre nous une dérangeante distance.

Là, c'est comme si je me retrouvais plus près de toi pour mieux te saisir et t'enlacer.

Ma fille, tu te livres et te vides de cette merde avec violence et désarroi total. Mais je sens que tu observes la politique du Phénix et que tu vas renaître de toi-même.

Tu as tant tenu, toi, et tu t'es épuisée pour nous.

Ni ton corps ni ton esprit ne pouvaient plus supporter ce lourd fardeau silencieux que tu as traîné durant des jours et des nuits.

Tu es épuisée et meurtrie.

Toutes ces photos, ces vidéos, ces récits puis ton frère inerte ont réussi à libérer ce que tu voulais garder en toi.

Dans ces moments en général, tu refuses tout et tout le monde.

Cette fois-ci tu acceptes ma main, mes caresses.

Tu t'abandonnes, tu cries, tu pleures, tu t'exprimes devant l'humanité et tous ces abrutis, d'ici, qui te regardent.

Tu écoutes nos voix, ces hurlements te calment pour affranchir ton âme et soulager ton cœur.

Tu acceptes nos bras, nos ailes.

Nous rentrons dans un silence de marbre.

Ta petite sœur, le visage rouge, a décompressé de ce qui la rongeait : elle s'est apaisée. Elle a su se réparer elle-même, d'elle-même…

Réoxygénée, elle remet son vrai masque de jeune fille de dix-huit ans, et elle repart au combat pour sa prochaine croisade.

Une fois rentrés, elle s'endort devant la télévision, moi je me réfugie dans ma chambre pour t'écrire, tandis que votre père et Amir sont au salon.

Dans ce 8e jour, toute forme d'attente paraît de fait de plus en plus longue.

Combien de temps encore ?

Combien de temps devrons-nous attendre pour te voir éveillé ?

Ce soir-là, de nouveau, je choisis de rester seule ici tandis qu'ils partent tous dîner dehors.

Encore une journée de passée.
Encore une journée à espérer.
Encore une journée inachevée.

JOUR 9

« Seul celui qui aime a le droit de blâmer, de corriger ».

Ivan Tourgueniev
Roudine, 1856

Une douleur dorsale me réveille.

J'ouvre les yeux instantanément, je m'assois, la douleur est vive : un vrai poids qui oppresse !

Elle me rappelle combien je fais d'efforts inhabituels.

Je me suis couchée plus tard qu'à l'accoutumée, j'ai attendu que ta sœur rentre. Après le restaurant elle est partie boire un verre avec Elvi qui est encore ici, en vacances.

J'espère que l'espace d'un instant elle, a pu s'évader.

Inquiète avant, je le deviens de plus en plus, jusqu'à la folie, la phobie.

La phobie-folie : que plus personne ne sorte la nuit !

La nuit, mes nuits qui ressemblent à des songes perdus, des espérances inconnues désormais.

L'espérance, un mot qui résonne faux.

Je ne me lève pas, je crois que de devoir m'extirper de ce petit lit étroit serait périlleux.

Je reste allongée sur le côté, essayant de masser cette masse qui me fait souffrir. J'entends votre père s'activer à l'autre bout de l'appartement.

Aucune envie de me lever.

À quoi bon ?

Pourquoi ?

Pour qui ?

Faire des efforts devient de plus en plus insupportable et voué au néant de mes jours. Le courage s'est carapaté de tout mon être.

Je ne vois devant mes yeux qu'une autre journée encore harassante, le « box 7 » pour te regarder inanimé.

J'en ai assez… je voudrais décéder là tout de suite, pour ne plus penser.

Le poids du malheur et de la fatigue me paralyse.

Comment vais-je pouvoir continuer à avancer et me battre encore, et surtout pour combien de temps ?

Je me demande que sera l'*après.*

Je pense à eux, ceux qui sont partis.

Les larmes coulent à nouveau, seules, je ne les retiens pas.

Elles se fraient un chemin sinueux, laissant des sillages profonds, le long de mes joues, de mon cou pour venir s'échouer sur cet oreiller qui soutient ma tête chiffonnée.

Mes cheveux, épars, inondés, eux aussi s'*empaquettent*, ma taie devient un marécage où je m'établis agréablement. Cette sensation de ne plus rien contrôler devient familière. Cette douce déliquescence où je m'enfonce, qui devient mienne.

Ma nuque colle.

Pourtant je ne fais pas un geste, je suis plantée au fond du matelas, ma tête submergée dans les marécages.

J'entends, les tympans flous, Amir demander à votre père de nous embrasser, que son taxi arrive pour l'emmener à l'aéroport.

Je m'enfonce un peu plus pour ne pas entendre la porte claquer.

Je suis presque soulagée.

Puis le téléphone retentit, mon cœur fait un bond dans ma poitrine jusqu'à l'arythmie, l'agonie.

Je sors toute contractée de ce marécage fangeux, je retire la boue de mes oreilles et je comprends qu'il est en conversation avec l'hôpital.

Je tends l'oreille, pétrifiée… haletante…

Je voudrais me lever rapidement, mais je n'y arrive pas.

Hallucinée, absente, je pose un pied puis deux, au sol dans un extrême effort. Je suis debout. La panique s'empare de tout mon moi.

Mon enfant est parti.

Je me traîne jusqu'au salon, le regard suppliant, je regarde cet homme avec qui j'ai eu deux magnifiques enfants et qui n'a pas une mine réjouie.

Il me fait un signe des yeux avec l'indulgence qui sait rassurer ma *breloque de carcasse en passe de disloque* en une seconde !

Merci homme de ma vie d'il y a longtemps, qui me connaît si bien !

Il raccroche et n'attend pas pour me dire que tu as attrapé une infection grave aux poumons, une sale bactérie, que par conséquent les soins sont intensifiés et que nous devrons porter d'autres vêtements complètement stériles, qui seront placés sur un chariot devant le box « 7 ».

Précautions supplémentaires afin de ne pas aggraver encore ton cas.

La seule chose que nous pourrons faire, est te parler de loin derrière un masque serré et collé contre notre bouche et te regarder.

Nous ne pourrons ni te toucher ni te baiser mon enfant.

Nouvelle petite descente aux enfers, nouvel élément tracassant qui ne manque pas de tourmenter nos cerveaux déjà bien friables.

Mais tu vis, et tu dors, mon enfant. C'est déjà bien… tu vis, tu dors ! C'est comme si choper une saloperie, c'était me rappeler, c'était instituer que tu dors, que tu vis…! *Miracle !*

Malgré l'empressement d'être à tes côtés, que je sais devoir encore frustrer, je suis rassurée.

L'inacceptable ne se trouve pas devant moi, je respire.

Je vais me doucher pour m'extirper du marécage qui a laissé des traînées de boue d'angoisse, les cheveux collants, je me douche les yeux sous le jet d'eau, qui doit avoir le pouvoir de nettoyer aussi l'intérieur, et je prie.

L'eau me renvoie l'écho de mes prières en me giflant agréablement.

Fraîche et lavée de toutes ces larmes, je file réveiller ta sœur qui dort encore paisiblement.

Je la sors de ses songes dont je ne connais pas la teneur et je lui explique brièvement, d'une manière détachée pour ne pas la pousser plus bas encore, plus bas que terre, les faits que nous venons d'apprendre.

Elle me regarde sans me voir et hoche juste de la tête… on a appris, tous, à prendre des mégas coups depuis quelques jours… plus rien ne nous sonne !

En attendant d'être à tes côtés, j'avale un sandwich et je retourne, au calme silencieux de cet endroit sombre et flippant, parce que peuplé d'âmes meurtries, pour t'écrire.

Je t'écris des silences voyageurs dont le claquement des ailes atteindra le plein de tes pavillons à l'ouïe tendue.

Je t'écris l'intolérable absence de tes rires.

Je t'écris la pente vertigineuse sur laquelle je glisse sans cesse un peu plus.

Je t'écris l'inexprimable intolérance de me retrouver ici, perdue sans toi et les vertiges obscurs et sombres dont je suis la misérable victime.

Je t'écris, également pour te dire que tes amis sont là pour toi, pour nous, qu'ils font le maximum pour alléger nos va-et-vient incessants et épuisants.

Qu'ils essaient de toute leur force et malgré leur douleur, de nous soutenir, tous les jours qui passent même si pour eux également cela paraît une éternité.

Je prends conscience que ma tolérance à souffrir n'a plus de frontière, elles ont toutes été franchies, fermées comme bannies ou éventrées.

Combien de temps vais-je tenir ?

Est-ce mon corps ou mon mental qui lâchera le premier ?

Comme je ne sais toujours pas auprès de quelle source je puise cette force à peine perceptible, je la laisse m'entraîner à mes dépens et vivre en moi jusqu'à ces derniers ongles.

Durant le trajet durant lequel nous sommes secoués, tant les routes sont abîmées et les chauffeurs, des chauffards, j'ai le souvenir d'une nouvelle rencontre, deux amis à toi, Zak et Fathi.

Encore deux autres, mais eux si courageux ne viennent que pour une seule petite journée trajet compris, d'Allemagne, malgré leur peur phobique de l'avion, cela me fait à demi-sourire de tendresse.

Ils vont débarquer, se débrouiller, seuls, pour venir à l'hôpital. Un geste d'amour intense et de courage infini, car ils t'aiment, tout simplement.

Nous arrivons très en avance, comme à chaque fois que nous prenons le bus.

Encore des moments particuliers avec des personnes particulières, grâce à eux la journée passera plus vite, mais surtout nous nous sentirons encore plus entourés, ce qui n'est pas négligeable.

Nous nous dirigeons vers notre bon vieux banc et nous attendons un signe de leur part.

Les autres sont aussi sur place, en avance.

Ils sont présents, toujours et encore.

Mon enfant, ne laisse rien ni personne éteindre la lumière au plus profond de tes yeux.

Mon enfant, fais tout ton possible pour que ton sourire revienne. Fais face à tes peurs ! Courage ! Nous serons là.

Le passé sera toujours là, mais c'est une accroche au présent, ne le laisse pas derrière toi et apprend à vivre avec. Associe-les, c'est ta condition pour redémarrer, regagner la rive, on t'y attend…!

Avance ! Pour ne jamais les oublier.

Dis-toi que le meilleur reste à venir et que, malgré tout, nous serons là.

Alors, reviens.

Regarde.

Nous sommes tout près de toi.

C'est une promesse que je t'adresse comme un manifeste.

Je partage tes jours.

Je partage tes nuits.

Je partage tes craintes.

Je partage tes espoirs.

Je partage tes plaintes.

Je partage ta vie.

Je crois en mes prières muettes.

Luttons ensemble, pour ensemble, revivre ces moments passés.

Tu m'envoies des signes, je les entends, je les sens, toi m'entends-tu ?

Ça y est : j'intègre vraiment la nouvelle info ! Et une angoisse supplémentaire se glisse subrepticement au fond de ma gorge : tu dors déjà dans un état inquiétant et de surcroît, tu as maintenant cette bactérie en toi.

J'ai besoin de câlins !

J'ai besoin d'être englobée… de faire partie d'un tout qui me protège de la bise du dehors, de cet été radieux…

Emma reçoit un appel : Zak et Fathi sont arrivés, mais sont un peu perdus, ils sont à l'entrée principale : nous allons au-devant d'eux.

Nous arpentons les couloirs, ceux-là mêmes où j'étais perdue le premier soir et que je connais si bien à présent. Je me traîne. Les voir me fait peur.

Nous sommes face-à-face, le plus jeune, Zak, celui que tu as protégé et pris sous ton aile à une époque, nous prend dans ses bras et verse quelques larmes.

Le second, Fathi, que j'ai hébergé, un soir, il y a quelques années dans des circonstances particulières et que je n'ai jamais revu, s'avance timidement et nous embrasse. Dans ses yeux je vois la même peur et la même angoisse qu'il avait autrefois, chez nous, dans notre salon, traqué comme une bête sauvage.

Je lui en ai voulu jusqu'à ce moment magique où il se trouve devant nous.

J'ai très envie de m'adresser à eux et de leur dire : « merci, merci, merci d'avoir parcouru tout ce chemin pour si peu de temps sans savoir si vous pourrez le voir ».

Aucun son ne sort de ma bouche, je les regarde en pleurant.

Je suis particulièrement fatiguée, aujourd'hui.

Nous les conduisons, le long de ces couloirs puants, jusqu'aux Urgences.

J'avance difficilement, mon poids me handicape. J'ai l'impression que mes pieds, gonflés, vont traverser le sol jusqu'à la morgue.

Enfin dehors, face au banc, je respire.

Je regarde autour de moi, je vois au loin que tout le monde est là. Eux aussi nous regardent, je lis dans les yeux de certains de l'animosité. Je les comprends.

Deux familles d'amis.

Deux mondes différents.

Quelques rancœurs.

Mais tous réunis pour toi, face aux fenêtres de ton box, face au banc.

Fathi que j'ai donc hébergé une soirée, s'isole, comprenant qu'il n'est pas exactement le bienvenu. Cela me fait de la peine, mais je ne bouge pas pour le moment.

Puis je m'approche de lui et j'essaie d'entamer une discussion banale pour ne pas le laisser seul, assis sur le rebord d'un énorme bac à fleurs desséchées par le soleil. Nous parlons peu, le contact doit se refaire.

Zak est plus à l'aise, il se fond un peu dans la masse et papote avec nous tous, si on peut dire papoter…

C'est d'ailleurs lui, d'une manière implicite, qui ira te voir avec ta petite sœur.

L'heure approche, une tension nouvelle est palpable, les places pour être auprès de toi vont être hors de prix, aujourd'hui !

Nous entrons. Nous laissons les autres, qui péniblement, attendent.

Nous nous assoyons pendant qu'Emma emmène Zak avec elle. J'entends sa petite voix douce et ferme depuis le SAS.

Elle lui explique comment s'équiper et le rassure.

Sa voix s'éloigne. Je ne distingue plus rien. J'attends.

Une demi-heure plus tard ils reviennent. Un sourire perle sur ses lèvres, un sourire timide sur ses jolies lèvres rosées, son visage semble détendu.

Elle est belle de toi.

Tu lui as de nouveau fait un autre cadeau inestimable.

De nouveau comme au cinquième jour, tu as ouvert les yeux.

Tu les as ouverts plus longtemps et plus intensément, ton regard planté dans le sien.

Elle m'explique très vite avant que je ne parte vers toi, qu'elle est certaine que tu l'as reconnue. Ta façon de la regarder était différente… plus réelle mais aussi paradoxalement plus perdue que la première fois, ton regard reflétait la peur panique et le questionnement.

Elle t'a senti effrayé et très agité.

De ses petites mains, elle a entouré ton visage, délicatement elle t'a demandé de te calmer, elle t'a chuchoté pour te rassurer qu'elle était là, tout près, que tout allait bien.

Vu la terreur qu'elle a lue dans ton regard, elle t'a demandé d'une voix douce de petite sœur, d'une voix scellée d'amour et déjà à regret, de fermer les yeux et de ne pas t'inquiéter.

Comme soulagé, tes paupières se sont refermées doucement pour repartir dans tes songes issus d'un monde fait de mystère et d'inconnu.

Cette fois, elle est sûre que ce n'est pas uniquement médical.

Elle sort vers le soleil avec Zak qui paraît ahuri et hébété. À le voir, des cloches doivent sonner dans sa pauvre tête…!

Il est choqué, toi son modèle, il découvre un jeune homme super actif, désormais allongé, abîmé… qui dort.

Il réalise, comme toutes les autres personnes qui t'auront vu, que tu es devenu un petit corps frêle et inanimé.

Nous entrons avec Gianni, à notre tour, un peu en retard.

Devant nous, tu ne manifestes rien de précis, en revanche tu es secoué de tremblements affreux. Je me sens diaboliquement impuissante !

Est-ce la douleur ou bien l'effort que tu viens de fournir, pour elle, une nouvelle fois ?

J'appelle dans les couloirs, je crie, ils arrivent, ils te trouvent anormalement agité.

Alors sous nos yeux emplis d'une douleur encore accrue, ils t'attachent les mains avec des liens aux barreaux de ton lit, puis tes pieds en passant par tes chevilles.

Je reste la bouche ouverte, derrière mon masque. J'étouffe.

Devant ces gestes affligeants et insoutenables pour moi, les larmes jaillissent pour couler comme une rivière dans son lit : mon visage qui se creuse !

Je veux sortir, je suis en panique, je manque d'air, votre père me prend alors dans ses bras, son visage s'est recouvert d'une tristesse inquiétante. Il retire mon masque, me dit que je suis ta mère et que je ne peux t'apporter aucune bactérie, et me console tendrement.

J'apprécie sa force tranquille dans ces moments si durs.

Il prend son rôle de père de famille et retient ses larmes afin de laisser les miennes s'évader et fondre en torrent, une fois encore.

Nous sortons, on te laisse, là, attaché.

J'essaie de me rassurer en me disant que ton corps réagit et que c'est bon signe, mais la vision de tes petits poignets, tes fines chevilles, attachés ne me quittent pas.

Mon Dieu ! Que d'épreuves !

Que de douleurs ruisselantes !

Que de maux indicibles !

Quel ENFER !

Pour la première fois, je n'embrasse pas la vitre en sortant, mais ne te quitte pas des yeux, tout en avançant à reculons jusqu'au moment où tu disparais de mon champ de vision.

Courbée, les yeux vitreux, le soleil me brûle le visage.

Ta sœur me voit, son sourire disparaît, je viens d'un seul regard de lui retirer le cadeau que tu lui as offert.

Je ne distingue plus ses ailes, juste du noir sous ses yeux verts.

En une seule petite heure de visite il y aura eu une grande joie puis une décision hautement intolérable… difficile à admettre…!

Cela paraît improbable, pourtant…

Bien évidemment je m'approche d'elle rapidement pour lui expliquer qu'il n'y a rien de très grave ! Mais que je suis choquée. Elle est rassurée.

Je sens dans son regard vide qu'elle pense exactement comme moi : la vie reprendrait-elle ton corps et ton âme afin que tu reviennes à nous, serais-tu dans un état de semi-conscience, aurais-tu l'envie de nous délivrer un message ?

Est-ce le flou et l'incertitude mêlés à une pointe d'espérance qui s'immiscent en nous, mais nous n'en disons rien. Nos échanges visuels suffisent depuis déjà longtemps pour nous comprendre.

Nos pensées sont en totale fusion.

Nous sommes juste très impatients, à la limite de la frénésie, d'être à ce soir.

Nous restons un moment tous ensemble.

Nous parlons de ton état, d'espoir, de tristesse et d'attente.

Nous nous séparons en donnant notre adresse à tes amis pour qu'ils nous rejoignent en taxi.

Leur avion repartira dans la fin d'après-midi.

Nous rentrons et nous les attendons.

Une scène ressemble à une autre.

Je prépare une collation, pour qu'ils puissent se sustenter avant leur départ.

Ils arrivent.

Je suis un peu plus souriante, l'ambiance est différente, je ne sais pas pourquoi.

Même si je suis ailleurs comme souvent, comme toujours.

J'essaie de me joindre à la conversation, mais les liens qui entourent tes poignets et tes chevilles m'obsèdent.

Je ne sais pas pour quelle raison néanmoins, sûrement par la grâce de Dieu, nous évoquons nos difficultés et nos inquiétudes financières, pour continuer à rester ici et pour rentrer sur le continent.

Nous sommes réellement à l'ouest, dans le brouillard. Car la solution, nous la connaissons : elle était là devant nous depuis des jours, à l'intérieur de ta sacoche qui me renvoie sans cesse les effluves de ta peau, de ton odeur que j'aime tant.

Fathi nous rappelle gentiment que par le biais de ta carte bleue et son assurance, nous trouverons des solutions, pour nous comme pour toi.

Emma court chercher ce petit bout de plastique bleu, elle revient avec une lueur déterminée au fond de ses yeux d'ange. Elle relève le numéro et dans la foulée elle téléphone.

À partir de ce moment nous sommes pris en main, rassurés, aidés, en contact avec une équipe médicale et une équipe administrative qui vont nous suivre matin et soir.

Se mettre en relation avec l'hôpital.

Que cela fait du bien !

Quel soulagement !

Quelle délivrance, infime soit-elle !

Merci à toi qui nous as aidés et guidés !

Je suis épuisée. Mon corps est entièrement douloureux et malgré ce joli moment de soulagement, il me tarde qu'ils partent afin que je puisse me réfugier dans ma chambre… et t'écrire.

Sentiment purement égoïste, mais tu n'es pas là, alors il faut bien que tu existes au fond de mon cœur et que je puisse graver des ratures sur les feuilles de ce cahier !

Parfois je n'arrive plus à écrire tant je suis submergée par la douleur et la haine.

Alors, j'arrête, je réfléchis, je n'y crois plus.

Je ne veux pas y croire, je ne veux pas que tout cela soit arrivé, je ne le veux pas !

Alors je ferme les yeux très fort, persuadée qu'en les ouvrant de nouveau, le décor sera différent. Puis je les rouvre vite et, grands ouverts, je découvre que rien n'a changé !

Je replonge à chaque fois plus bas, dans un désespoir puissant de nausées refoulées et toujours cette même question : POURQUOI ?

Ils vont partir.

Nous nous enlaçons. Je les remercie sincèrement du fond du cœur pour leur acte d'amour.

Nous nous retrouvons tous les trois.

Je retourne déposer mes tripes sur le papier.

Le téléphone de votre père retentit comme une alarme.

Je lève vite le nez de mes écrits et j'écoute :

Ma chambre se trouve à l'autre bout, je n'entends pas bien, mais je comprends que c'est de nouveau l'hôpital.

Avec ta sœur nous nous postons devant lui, il nous lance un regard rassurant néanmoins je le sens soucieux.

Nos yeux aspirent son attention : nous sommes suspendues à ses lèvres…

Il raccroche.

Assis autour de la table, il nous dit que nous devons nous rendre une heure plus tôt à l'hôpital afin de rencontrer le médecin qui s'occupe de toi.

Il nous présentera un grand chirurgien et nous expliquera en détail qu'une intervention est prévue pour demain matin, malgré ton état.

À cet instant nous n'en savons pas plus, nous attrapons un sac, de l'eau fraîche et marchons d'un pas rapide vers l'arrêt de bus.

Tout défile d'une manière tumultueuse et déboussolante. Une opération ! Encore ? Déjà ?

L'impatience et la panique m'ont réquisitionnée à 100 % !

Je me demande, pendant que mon cœur fait d'immenses bonds de singe à travers ma poitrine, ce qu'ils vont nous annoncer, ce que tu vas subir de nouveau et *si ce n'est pas le bon moment…!?*

Le trajet est plus fastidieux, mon corps entier est douloureux devant cette nouvelle épreuve.

Nous arrivons, nous traversons l'hôpital en silence, j'aimerais tenir la main de ma maman.

Et c'est ta sœur qui loge la sienne dans la mienne, comme si elle avait lu en moi.

Nous sommes devant la porte du service intensif et nous attendons.

Une infirmière nous ouvre et nous demande de la suivre, nous nous exécutons. L'ambiance est si froide et si austère.

Les visiteurs ne sont pas encore présents, nous sommes donc les seuls à longer les couloirs *de la mort.*

Nous voici devant le médecin et le chirurgien, le médecin nous regarde d'un air bienveillant et le chirurgien se présente en souriant, il parle gentiment, il me plaît bien.

Ils nous font entrer dans un minuscule bureau, puis les explications vont suivre, je regarde mes pieds.

J'aimerais être sourde ou ne rien comprendre, je ne suis d'aucun courage, pourtant je relève la tête et je les regarde, je vais ouvrir malgré moi, grand mes oreilles pour mieux entendre, finalement je veux savoir ce qu'ils projettent de te faire.

J'entends, grosse intervention inéluctable.

J'entends que la bactérie est partie grâce aux antibiotiques.

J'entends d'un ton monocorde que lorsqu'ils t'ont héliporté ici, ils ont été obligés de te faire une grosse transfusion de sang, puis qu'ils sont intervenus au plus urgent, ton nez, pour essayer de le reconstituer approximativement, mais qu'ils n'ont pas tenté de réparer ni ton œil droit tombé au milieu de ta joue, ni tes fausses nasales, ni tes sinus désormais inexistants, ni tes mâchoires, une tout en bas, une tout en haut !!

La liste est longue.

Le chirurgien rajoute que tu as été scalpé derrière la tête et au talon.

Tant de choses que nous ne voyons pas lorsque tu dors.

Les fils le long de ton visage faisant un retour jusqu'à la commissure de tes lèvres, oui nous avions vu, ton nez qui n'en était plus un, oui nous avions vu.

Tes jambes recousues sur plusieurs endroits ainsi que le dessus d'une de tes mains, oui nous avions vu.

Mais là tout de suite nous réalisons encore plus, à présent, maintenant, l'étendue des dégâts corporaux.

J'ai des suées froides, tout tourne autour de moi, assise et en me contrôlant comme je peux, en m'agrippant à ta sœur, je fais un malaise vagal.

L'ampleur des mots pèse lourd, me submerge, encore…

Comme si ce n'était pas suffisant, il reprend malgré mon état, une infirmière à mes côtés avec un linge frais, il va entrer dans les détails, nous faire comprendre que ce sont des interventions compliquées et risquées.

Je retiens, notamment qu'ils vont te sceller les mâchoires et que par conséquent même si tu te réveilles tu seras encore plus effrayé et que tu ne pourras pas ni ouvrir la bouche, ni parler ou avec grande difficulté, je me dis *mais merde comment peut-on parler les dents serrées les unes contre les autres et les mâchoires scellées avec du fer ?!?*

Je suis atterrée, néanmoins il nous rassure en nous disant que c'est lui qui va acter et qu'il va y mettre tout son cœur, c'est un ponte connu et reconnu sur le continent.

S'ensuit la demande de photos de toi, *avant*…

Tu seras opéré demain matin et nous ne pourrons te voir qu'aux visites du soir.

Nous aurons bien évidemment le droit de téléphoner pour savoir si tu as supporté ces multiples opérations.

Le cauchemar s'amplifie, mon enfant !

Pourtant pour la première fois, nous connaissons réellement ton état.

C'est enfin l'heure des visites, il nous accompagne tous les deux devant le « box 7 » et dans un dernier regard nous salue et nous rassure en nous disant que tout se passera bien.

Quel homme extraordinaire !

Mon enfant, *demain commence aujourd'hui*...

Tout près de toi, je t'explique qu'il va falloir de nouveau te battre, que rien n'est facile, mais que tu dois puiser dans le peu de forces qu'il te reste.

Ton corps s'est encore amaigri, j'essaie de faire abstraction de ce détail, mais je n'y arrive pas.

Je soulève ton drap, je caresse et masse tes jambes osseuses.

Je m'accroche à ta main d'une infinie finesse, qu'auparavant l'équipe soignante a pris soin de détacher.

Mon Dieu, aidez-moi encore un peu à surmonter ces minutes, ces heures, ces jours, car je suis vidée de tout.

Mes neurones sont brouillés.

Je n'arrête pas de caresser ton front.

Je me hausse sans cesse sur la pointe des pieds afin que ma bouche puisse atteindre ton visage afin d'effleurer tes lèvres, délicatement par peur de te faire du mal.

Tu parais si fragile.

Tu es de plus en plus fragile.

Et, de nouveau, l'espoir ne fait partie que du monde imaginaire.

Les rêves n'existent plus.

Que sera l'avenir si ce n'est que de vivre dans la peur et la douleur ?

Où sont allées notre belle insouciance et nos croyances en une vie nouvelle ?

Où sont partis nos projets et nos fous rires interminables ?

Pourtant c'est arrivé… et il faut vivre avec !

Réveille-toi mon enfant ! Ne parle pas, ce n'est pas grave, ta mère te comprendra, te suivra toujours, où que tu ailles, où que tu sois.

Je serai attentive à tes mots sourds et tes regards interrogatifs, sois tranquille mon fils, je serai toujours là dès que tu le voudras.

Je serai très certainement impuissante, mais je serai là.

Ta douleur sera la mienne, tes colères je les calmerai.

Nous devons partir.

J'aimerais être enchaînée aux barreaux de ton lit, dormir auprès de toi et t'accompagner jusqu'au bloc opératoire comme je l'ai fait lorsque tu étais petit, à de multiples reprises.

J'ai toujours été présente pour te rassurer, pourquoi m'inflige-t-on cela ?

Nous ne contrôlons plus rien à ton sujet.

Tu leur appartiens et nous, nous devons accepter de te remettre entre leurs mains expertes et leur savoir-faire.

Je te regarde comme si c'était la dernière fois, je dois sortir du « box 7 », je n'y arrive pas. Même ta sœur, d'habitude si disciplinée, ne bouge pas. Comme moi elle reste plantée devant toi et enlace ta main.

Nous pensons aux autres qui doivent venir pour la dernière demi-heure que nous avons déjà bien entamée, alors nous te quittons la gorge nouée.

Nous partons main dans la main, en te criant une dernière fois d'être fort !

Une fois dehors et pour la première fois depuis cet enfer, nous ne parlons pas, nous nous assoyons sur notre banc, nous nous allumons une cigarette et pleurons ensemble dans le plus intime des silences, notre bulle, existentielle qui nous abrite.

Puis nous nous enlaçons.

Nous nous consolons mutuellement à travers nos larmes qui coulent et s'unissent, elles aussi.

Ma fille, ma force, mon moteur, ma bataille.

Après les visites de ce soir nous avons toutes et tous des visages empreints de tristesse mélangée, mâtinée d'espérance et d'angoisse, nous évitons de croiser nos regards trop longtemps. La démesure générale est également palpable.

Une fois rentrés, nous en parlons tous les trois plus librement, votre père, comme à son habitude se fait rassurant et nous envoie des ondes positives : il est optimiste.

Une fois encore, il promet.

Je le regarde, fort et faible à la fois.

Il est désespéré, je le sais. Néanmoins, il nous couvre d'amour et de bienveillance.

Il essaie de nous englober. Il nous étreint virtuellement de toute sa puissance d'amour !

J'admire ses efforts et j'ai une profonde peine pour lui de le voir devoir *porter* ce rôle.

Souvent, je croise son regard si clair qui se plante dans le mien, et je vois qu'il comprend que cette fois-ci, ses efforts sont vains. Non, semble-t-il confesser : il n'est pas un surhomme. Il est un père à la ramasse…

J'ai envie de lui dire d'arrêter de lutter et de lâcher prise, mais je ne dis rien.

Je le laisse continuer ses suppositions et son pronostic qui font du bien à ta sœur, je crois.

La nuit va être longue…

Toutes ces paroles prononcées par le chirurgien résonnent dans ma tête vide et pleine à la fois, elles forment un immense tsunami qui m'inflige alors la brûlante montée d'une sensation de profonde nausée, qu'accompagnent toujours mes satanés maux de ventre.

Je me cale dans le canapé… je souffre, je n'en peux plus, je voudrais que ça s'arrête…

Je suis recroquevillée et j'imagine…

Dans ces moments-là, j'aimerais être une petite grenouille que l'on décérèbre en plein cours de Science et Vie de la Terre.

Pour ne plus penser… oublier… OUBLIER !

Je prie fort, si fort dans ma tête esseulée que je n'entends plus rien autour de moi.

Puis, comme tous les jours, je pense à tes deux anges qui ne pourront jamais être présents matériellement à tes côtés.

Je lève les yeux au plafond, celui-là même, devenu familier, comme pour essayer de les voir ou essayer d'entrevoir un signe et je leur demande de te protéger.

J'ai encore l'intime conviction que de là où ils sont, ils te regardent et te parlent, t'expliquent, te rassurent, t'aiment.

Ils doivent même, à mon sens, entrer dans tes songes pour te préparer au combat que tu dois mener seul, sans eux désormais !

Pour pouvoir les honorer et rétablir la vérité.

Votre père s'active en cuisine, il fait du bruit, sûrement des gestes brusques, une manière d'extérioriser et de faire vivre la VIE.

Donner de maladroits faux-semblants de vie à ces *décombres* et ceux qui y étouffent.

Mon Dieu, qu'avons-nous fait de si mauvais pour subir autant et porter ce manteau de plomb ?

Je pense que le réveil sera lourd de questions.

Comment continuer à vivre de cette manière, comment ai-je la force de tenir ?

Une force spirituelle m'aide, c'est certain.

Le dîner est prêt, des saveurs subtiles viennent ensorceler mes narines, mais mon corps se refuse au simple concept d'avaler, déglutir, ingérer, et ce long processus de digestion de produits étrangers à mon corps.

Je ne peux, de nouveau, pas me résoudre à cette idée – étrange – d'absorption.

D'ailleurs, nous sommes en réalité, tous les trois dans le même état !

Votre père s'adonne à ce dont il ne devrait pas taquiner de trop près le magnétisme maléfique…

Ta sœur est lovée dans un coin du canapé, réfugiée dans son bouquin… et moi je ne fais rien…

Je reste à table. Débarrassée, j'y étends mes deux bras épuisés, j'y love mon visage.

Cela me repose et m'apaise d'être, comme à l'intérieur de moi, comme si quelqu'un, une force supérieure protectrice, me prenait dans ses bras et me berçait.

Je réfléchis à la façon dont je vais pouvoir trouver le sommeil, calmants et somnifères ne sont plus assez puissants pour endormir ma peine.

Je suis pourtant harassée, mais mon esprit ne désire pas m'éloigner de toi.

Dans mon désespoir, je sens de nouveau la haine m'envahir.

Je me lève, je prends mes médicaments habituels et j'y ajoute la dose nécessaire pour assommer un éléphant.

Je retourne au salon, je les prends dans mes bras, je me blottis contre eux, je laisse Gianni, dans un état qui me déplaît devant la télévision et je prends la main de ta sœur afin qu'elle se couche.

Une fois allongée, je croise mes bras sur ma poitrine et j'attends que le sommeil m'emporte.

Une nouvelle journée d'attente fatale et inévitable nous attend.

Un nouveau jour va se lever pour nous tourner et nous retourner sur le grill de l'accablement. *Nous sommes peu de choses…*

Mes paupières deviennent lourdes, je pars doucement.

JOUR 10

« Encore un jour se lève sur la planète France... ».

Damien Saez
Album : jours étranges
Octobre 1999

Toute moite, j'ouvre un œil pour savoir où je me trouve, puis un second pour comprendre dans quelle réalité je suis.

Je suis dans cette chambre, encore ce matin, hélas.

Je me redresse assez rapidement et attrape mon portable pour regarder l'heure.

Il est tard par rapport à d'habitude. Les médicaments ont bien fait leur travail.

Il est neuf heures et je devine que tu dois être au bloc opératoire.

Ta sœur dort encore et votre père prend son petit-déjeuner devant la télévision.

J'avance jusqu'à lui, lourdement, pour l'embrasser.

J'ouvre la bouche, il ne me laisse pas le temps d'émettre un son et m'explique qu'il a déjà téléphoné à maintes reprises et que depuis peu, tu es effectivement au bloc.

Je le remercie.

Une journée difficile pour nous et réparatrice pour toi, mon enfant.

Je m'isole un peu, je mets des souvenirs de toi, bout à bout, je dessine dans le vide, des lieux, des moments avec toi.

Je pose mes deux mains sur mon ventre rond de souvenir de femme enceinte, mais il est toujours vide de toi.

Mon être entier est vide de toi.

Je ne peux imaginer ton « toi », sous les coups du bistouri, je ne peux pas.

Je préfère t'envoyer des mots, des phrases, des lettres à travers ma pensée qui virevolte au-dessus de moi.

Je peux quasiment les voir, les percevoir qui volent dans les airs, puis disparaître pour se transporter jusqu'à ton âme.

Je déteste me retrouver au fond du seau surtout lorsqu'il est vide, car je ne peux m'y noyer.

Comment me retrouver en anesthésie générale, comme toi ?

J'attrape ma boîte à médicaments, je regarde ce petit cachet longiligne et blanc qui me délivre si souvent, je l'avale avec bonheur et volupté pour te rejoindre.

Je m'allonge les yeux levés au plafond, une cigarette à la main que je ne fume presque pas, je l'écrase.

Je me mets en position de fœtus et je sens le sommeil qui me mord fort, je pars.

Des heures plus tard, votre père s'assoit au bord de mon lit et me réveille doucement, j'ai la bouche pâteuse et j'ouvre à peine les yeux.

Dans un effort épuisant, je les plisse, je ne reconnais ni l'endroit ni le moment.

Je suis encore dans les méandres du sommeil salvateur.

J'entrevois le visage de votre père, penché sur moi, je vois ses lèvres qui bougent, mais le son est coupé.

J'essaie encore, mais le sommeil m'appelle de nouveau.

Il me prend la main.

J'essaie alors, encore, de sortir de cet état comateux, puis je sens de la fraîcheur sur mon front, je me souviens que cela m'a fait un bien immense, incroyable !

Au tour de mes lèvres d'être humidifiées, puis mes yeux fermés subissent le même sort.

J'entrouvre de nouveau les yeux, je le regarde, il me sourit.

Il ouvre de nouveau la bouche et miracle, j'entends, j'entends des paroles, des douceurs, du miel, un don de Dieu.

Il est déjà seize heures, il me prend la main et, des mots, je ne retiens que les plus beaux au monde : « *Ton fils va bien* », les multiples interventions se sont bien déroulées, il dort encore, certes, mais il s'est battu et a survécu.

Puis d'un ton changeant, presque larmoyant, il me dit : « tu vois, notre fils nous comble… il a résisté pour nous offrir à nous, ses parents et à sa sœur, l'immense bonheur de pouvoir encore être à ses côtés.

Ta sœur arrive dans ma chambre, un demi-sourire aux lèvres et me caresse la joue.

Tous les deux m'aident à me lever. J'avance un peu, l'air vaseux et je me laisse guider dans une béatitude élastique.

Je bois un verre de jus de fruits glacé, je grignote et en attendant le moment attendu et redouté de te voir.

Je retourne dans ma chambre t'écrire, seul exutoire qui mène à ma délivrance compatissante. Il y a quelques jours, j'aurais été anéantie !

Là, je suis heureuse… on s'adapte au pire…

Je t'écris aujourd'hui encore et encore, je ne peux m'en empêcher, cela représente le dialogue, invisible et qui n'existe pas entre toi et moi qui m'embarque dans cette fine connexion qui envahit mes neurones.

Je t'écris comme dans un cri d'ultime amour, bouleversé, avec mes petits mots simples, mais qu'importe la forme, Trésor.

Ce qui prime, c'est la force avec laquelle je pose ces mots tordus et déformés de malheurs, ces mots soudains, qui jaillissent et me perforent, bien souvent quasiment illisibles, mais qui me rendent plus forte de toi.

Je suppose que les anges forment autour de mes doigts, tout aussi tordus et déformés, une farandole de lettres au sein de mon petit cahier où figurent tant de ratés, tant de ratures, de hurlements et d'espoir.

Tu ne peux deviner le bonheur que tu m'apportes, de réconfort et de consolation.

Je n'ai plus aucune énergie pour des relations insignifiantes ni pour des conversations inconsistantes ou qui m'infligent des souvenirs trop joyeux, mais t'écrire gonfle mon énergie d'innocentes voluptés, de jeunesses volées et m'évite les marécages où chaque jour, je m'enfonce un peu plus encore, et où paradoxalement, j'ai trouvé… c'est vrai… une certaine place… un semblant de légitimité !

Sans toi, mon enfant, je m'enfoncerais encore et sans toi j'y resterais éternellement !

Tu sais, les souvenirs refont surface, ces choses infimes que je croyais avoir oubliées resurgissent et me fouettent durement, en pleine gueule !

Tous ces instants durant lesquels je n'ai pas levé les yeux sur toi lorsque tu me parlais.

Tous ces moments où je n'ai pas voulu te gratter la tête, car j'étais fatiguée.

Tous ces moments où j'aurais dû te caresser, t'aimer, t'en donner à chaque instant la preuve par la plus mathématique démonstration.

Tous ces moments durant lesquels j'étais en colère et que je regrette amèrement à présent.

Tous ces moments où je n'étais pas assez attentive à tes demandes explicites.

Tous ces moments où tu étais insupportable.

Tous ces moments, je t'en supplie, infligent-les-moi à ton tour !

La seule richesse dont ma vie a besoin, en dehors de voir ta sœur heureuse, dans sa vie à elle, de belle jeune adulte, désormais, c'est ton sourire que boivent mes lèvres, ton sourire sur les lèvres de ta sœur et de votre père.

C'est nous quatre réunis.

Qu'importe l'endroit ni dans quelles circonstances, mais par pitié, nous quatre !

Respectons notre pacte d'amour indestructible qui nous unit pour toujours et même au-delà.

J'apprends, grâce à toi, l'humilité, je renie l'orgueil.

J'apprends la patience de ton retour.

Ton retour qui, je le sais, ne sera plus jamais tout à fait le même ni tout à fait autrement, car ce sera ton retour.

Ton retour qui sera si difficile de douleurs physiques et morales pour toi, mais égoïstement salvateur pour nous !

Ton retour durant lequel je me demande sans cesse *comment saurai-je t'expliquer, te rassurer, te faire comprendre et t'aider et accepter l'inacceptable ?*

J'y pense si souvent…!

J'y pense sans cesse, même à cet instant d'ultime bonheur et de questionnements tortionnaires et légitimes !

Te dire les choses, les faits, les causes…

Te les faire assimiler sans te brusquer, sans t'effrayer, moi cela me terrorise à chaque fois que j'évoque en mon for intérieur, cet instant, cet instant que je redoute néanmoins avec espoir, espoir que je me refuse.

Je referme mon petit cahier.

Je m'en vais m'asseoir sur notre mini balcon et je te regarde au loin, le flanc de ses montagnes, où, à leur pied, dans cet immense bâtiment, les maladies et drames se côtoient.

J'attrape une cigarette, je m'étire.

Je suis lourde de douleur, comme cette emprunte que je grave chaque jour sur *notre* banc.

Ta sœur s'assoit à côté de moi, tenant à la main, un thé au citron bien sucré, comme sur les aires d'autoroute où nous étions, tous ensemble, *avant*.

Elle me le tend et me dit que tes amis vont bientôt venir nous chercher.

Je la regarde et lui adresse un timide sourire.

Je sens qu'à cet instant, encore, nos rôles sont inversés.

Cela me gêne qu'elle soit ma mère !

Je me prépare très rapidement.

La peur est là, comme l'envie, fugitive.

Te voir, autrement, me perturbe affreusement. Je m'étais installée dans des habitudes, des rites, certains gestes, il va falloir très certainement adopter des positions différentes, appréhender le « box 7 » d'une façon différente, un regard différent, un courage différent.

Nous arrivons et nos visages sont fermés.

C'est une nouvelle étape, un nouvel instant à vivre.

Nous fumons, une canette à la main, attendant l'instant mirage, où je sais qu'il faudra être fort et plus que solidaires !

Je regarde le ciel, le soleil tenace m'éblouit, des gouttes perlent sur mes prunelles.

Nous allons entrer, main dans la main avec ta petite sœur, nous avançons en silence.

Pas un mot ne sort, nos gorges sont nouées.

C'est un grand moment, un nouvel instant, une nouvelle étape.

Juste avant de nous trouver devant le « box 7 », nous nous arrêtons, nous nous regardons intensément comme pour nous donner de la force, nos mains entremêlées se resserrent un peu plus.

À l'instant précis où nous allons te découvrir, le chirurgien accompagné de ton médecin nous interpelle, brisant notre élan, notre envolée vers toi.

Je les regarde, les yeux grands ouverts et les oreilles fermées.

Un voile tombe soudainement entre eux et moi.

Un mini bonsoir sort de ma bouche.

Ils sont souriants.

Je respire à nouveau.

Le chirurgien, un des meilleurs d'Europe, qui a œuvré sur ton visage et l'intérieur frontal, s'approche jovialement.

Sans nous juger et d'un ton bienveillant, il commence à nous expliquer de quelle manière il a tenté, pour une seconde ébauche, de restructurer ton joli visage.

Il parle vite ou j'entends mal et de très loin, car je ne comprends pas tout, néanmoins j'entends : mâchoires scellées par des clous chirurgicaux.

Œil remonté au mieux au sein de son orbite, nez reconstitué au mieux, mais pas tout à fait de la même manière, il nous dit qu'il a fait comme il a pu par rapport aux photos de toi qu'ils nous avaient sollicitées, mais qu'il faudra intervenir encore.

Il parle de fosses nasales et de sinus inexistants, de trous béants où il a introduit un plâtre spécial, car il y a une brèche dangereuse qui, toujours, pourra t'être fatale, si tu prenais un coup sur le nez !

Il nous annonce également qu'il a fallu te faire une trachéotomie et qu'il faudra réellement ré intervenir sur ton nez et tout le système nasal autant de fois qu'il le faudra afin que ta vie ne soit pas trop en danger et que tu retrouves un visage « normal » !!

Je me demande à quel moment il va se taire, il continue, pour les très grosses cicatrices qui longent ton nez jusqu'à ta bouche où un nerf a été sectionné, il n'a rien pu faire et par conséquent, ton sourire ne sera plus jamais symétrique.

Il faudra, si tu supportes de longues heures de kinésithérapie maxillo-faciale et si nous le pouvons financièrement, te faire opérer par un chirurgien plasticien.

Il s'arrête tout net et nous scrute.

Je regarde ta sœur, qui elle, regarde au loin dans un désespoir de fuite je que lui concède ô combien. C'est moi, cette fois qui prends en charge, qui prends *la* charge…!

Tant d'informations nous font mal !

Je prends la parole et je n'aborde pas le sujet de cette *brèche* qui peut à tout moment fuir et monter au cerveau et te tuer.

Il répond assez évasivement et rajoute qu'ils t'ont plongé dans un coma artificiel afin que tu ne souffres pas le martyre.

Je ne comprends rien.

Puis une petite tape sur mon épaule, un « *au revoir bon courage, tout s'est bien déroulé !* » et ils s'en vont, nous laissant comme deux idiotes qui ont avalé trop d'informations en très peu de temps, lesquelles informations auront bien du mal à franchir les parois étriquées de l'œsophage étroit de leur compréhension…!

Nous restons plantées là comme deux pantins inarticulés en attente de leurs fils et des mains pour les diriger.

Quel rapport détaillé *et ensevelissant !*

Face à cette réalité foudroyante, j'ai l'impression d'être emprisonnée dans un carcan d'où je ne pourrais définitivement et inéluctablement plus jamais me défaire.

Tout *s'exacerbe !*

Je regarde la pendule juste au-dessus de ma tête et il ne nous reste que quinze minutes pour être auprès de toi.

De nouveau, main dans la main, nous tournons les talons tels des automates et entrons au box « 7 ».

C'est d'une façon très solennelle que nous franchissons le pas de ton cocon.

Nous nous approchons doucement de là où ton corps… gît.

Nous découvrons ton petit visage tout fin, recouvert d'un masque en plâtre blanc neige qui encercle également tes yeux.

Nous remarquons tes lèvres serrées, comme collées.

Tu n'es plus mince, mon enfant, tu es maigre, très maigre, *un trou*, comme je ne voyais que dans les films, se trouve sous un pansement carré d'où sort un tuyau juste en dessous de ta pomme d'Adam saillante.

Je me rappelle avoir pensé : « c'est donc cela une trachéotomie ! ».

Mon Dieu, que c'est impressionnant !

On distingue clairement un énorme pansement à l'arrière de ta tête, réparation du scalp.

Je soulève ton drap et je découvre un autre énorme pansement, quasiment identique, derrière ton talon, autre scalp !

Je dois divaguer, car dans ma tête je me chante cette chanson que nous aimons tant : mais ce n'est pas possible, ils sont devenus fous !, chanson culte, Trésor.

Beaucoup d'informations et d'émotions en si peu de temps me font perdre pied.

Le tube qui sort de ta bouche est désormais scotché sur le côté pour éviter une collision avec le nouvel arrivant !

Ta sœur est penchée sur toi, elle te parle, elle te caresse le front, te chuchote des secrets qui n'appartiennent qu'à vous, à vos oreilles.

Puis, panique ! Ton corps tout entier est secoué, tu tousses d'une force incroyable jusqu'à cracher ces tuyaux qui te maintiennent en vie, les multiples machines hurlent comme des sirènes.

Je m'entends crier, je regarde ta sœur courir dans les couloirs, des soignants arrivent très rapidement, replacent les tuyaux, te placent légèrement sur le côté, ils régulent les machines.

Puis tu recommences, ils refont les mêmes gestes, je remarque avec quelle bienveillance ils s'occupent de toi, te parlent, t'apaisent.

Tu leur appartiens… puisque ta vie bat aux creux de leurs mains expertes…

Il est vrai que tu es toujours propre, ta peau toujours hydratée par les produits que nous leur avons fournis dont ton lait corporel préféré que nous respirons, à grandes inspirations, chaque jour.

Ils partent en nous souriant gentiment, tu sembles calme.

Ces tuyaux doivent te faire mal et j'ai mal.

Nous avons dépassé le temps autorisé, nous te couvrons de baisers frontaux, nous devons partir et céder notre place.

Mais avant cela, je pose ma main sur la vitre du « box 7 » comme pour y laisser mon empreinte, une empreinte indélébile, pour protection céleste, *du temple de ta vie.*

Dehors des ambulances font hurler leurs sirènes, des brancards défilent, c'est notre quotidien…

J'ai l'impression que cela fait des mois que nous sommes ici à vivre ce cauchemar.

J'ai l'impression que je vais mourir, *ici.*

Mon corps, cette fois, ne veut plus de moi, il me repousse.

Il me le fait savoir, il me dit de m'extirper de cette peau flasque et de lui foutre la paix. Je lui réponds que c'est réciproque ! Que je ne veux plus de lui, tant il me dégoûte !

Mais qu'il va falloir cohabiter, ou il m'abandonne sur le bord de la route ! La haine nous envahit lui et moi. Moi envers lui !

Tes amis, ceux qui n'ont pas eu la chance de te voir, nous posent question sur question, auxquelles nous allons répondre, car c'est bien légitime.

Mais si difficile.

Je me déleste auprès d'eux, parfois blottie dans leur bras, soutiens de mes joies, mes espoirs, mes peurs paniques !

Ce soir, je leur livre la joie, neuve et vive, que je ressens de te penser « réparé ».

Ce mot me fait horreur, pourtant il est complètement adéquat.

Nous sommes toutes et tous d'accord sur le fait qu'ils n'auraient rien tenté, qu'ils n'auraient pas engagé tant de frais avec ces multiples interventions, s'ils n'avaient pas eux-mêmes l'espoir que tu *reviennes.*

Ils n'auraient pas procédé ainsi !

Je me persuade et mes pensées s'apaisent… mais j'ai si peur de demain, de l'*après*. Toujours lui…

J'espère le « *demain* », mais je souffre d'être à demain.

L'avenir m'effraie, pas comme avant c'est certain, mais m'effraie quand même, avec une autre ampleur, une autre envergure… qui me dépasse… je suis larguée…

Les sensations et les ressentis sont parfois biaisés…

Les espérances changent, chaque jour qui passe…

Nous sommes loin du premier soir où, assise sur de petites marches en pierres j'entendais battre ton cœur au-delà de la végétation et au creux de ma main.

Lorsqu'il faisait froid, lorsque mon âme était si douloureuse, comme une plaie qu'on ne peut pas effleurer, que j'attendais que la mort m'emporte.

Ce soir-là, éprouvée par cette terrible annonce qu'aucun parent ne devrait vivre, je ne savais absolument pas que je pourrais avancer *encore* et savoir *encore* respirer.

Ce soir-là, je ne me connaissais pas cette puissance potentielle, *en moi*, je ne savais pas que je pourrais puiser cette force volontaire de te porter aussi haut, ni je ne sais où !

Ce soir-là, je n'étais plus moi, j'étais juste une femme qui descendait seule au fond du puits des ombres pour affronter le noir, le néant, *le plus jamais*, et la noyade.

Ce soir, c'est différent :

J'ai l'intime conviction que tout ce que nous avons parcouru tous ensemble n'aura pas été vain, tout cet amour uni, ces paroles, ces prières différentes, mais adressées à un seul Dieu, celui des miracles, et il en aura créé *un* !

Pour la toute première fois, j'espère.

Tu as toussé d'une manière humaine, tu as émis un signe de vie.

Mais la peur… est toujours omniprésente tant que tu dormiras, tant que tu seras sous respiration artificielle et dépendant des branchements.

L'inquiétude ne me quitte pas.

L'*avant* ne reviendra jamais.

L'*avant*, finalement si beau.

Mais je m'en fous, recrée-nous ton présent, *un* présent : le *un* du miracle…

Je prie pour que cet *après* existe, aussi terrible qu'il soit, j'essaierai de puiser, creuser où tu le veux et te porterai à bout de bras, où tu voudras, où tu me diras.

Te soigner, je saurai le faire.

Essayer de t'épauler, je saurai le faire.

Mais saurai-je soigner tes maux, ton état moral et en aurai-je juste la simple force puisque moi-même, je n'accepte pas ?

Je souffre trop pour savoir apaiser tes souffrances.

Quand pourrons-nous, nous retrouver réellement ?

Quand pourrons-nous de nouveau rire ensemble ?

Quand seras-tu en mesure de *péter tes crises* ? *Aujourd'hui, elles me manquent !*

Quand pourras-tu me faire des blagues qui n'appartiennent qu'à toi ?

Quand, mon enfant ?

Orso, Flo et Nabil arrivent.

Nous formons comme un cercle comme si nous allions nous lancer dans un conciliabule, nous échangeons nos différents ressentis qu'aucune convenance n'aurait permis de contenir.

Certains sont d'un optimiste inépuisable.

D'autres restent prudents et sont sur la réserve.

D'autres, comme moi, sont perdus.

Je les regarde, mais je ne dis rien, je suis ta mère et je pense déjà plus loin.

Je scrute ta sœur et votre père que je sens dans le même état d'esprit que le mien, l'osmose qui nous unit n'a nul besoin d'être exprimée autrement que par des regards complices et implicites.

Ce soir, nous allons, tous dîner au restaurant.

Il doit n'y en avoir qu'un : c'est encore le même !

J'observe : ils ont l'air de fêter une victoire alors que rien n'est gagné.

Ta sœur a souvent le regard dans le vide et paraît de plus en plus épuisée.

Je mange, j'écoute poliment leurs conversations auxquelles je ne participe pas.

Je ne ressens qu'une seule envie, t'écrire.

Te dire que tu as changé, qu'ils ont passé des heures sur ton joli visage.

Je suis fatiguée mon enfant, fatiguée.

Je ne dis rien, je mange.

Enfin nous partons, quelle délivrance, nous rentrons à l'appartement et je vais directement dans ma chambre.

Je me dévêtis, je m'allonge dans mon petit lit qui me tend les bras et qui semble comprendre combien j'ai besoin de lui grâce à la chaleur enveloppante qu'il va me prodiguer.

Une cigarette à la main, je contemple mon petit cahier, j'empoigne avec rage mon stylo et ouvre notre lien d'échanges et à déposer des lettres sur ce papier qui m'attendait.

J'écrase négligemment ma cigarette, je m'allonge sur le ventre, j'écris encore et je m'endors sans avoir recours, cette fois, à mes petits cachets.

Première nuit durant laquelle je ne me réveille pas en sueur.

Première nuit durant laquelle je ne hurle pas.

Première nuit quasiment paisible.

Première nuit…

C'est ma première nuit…!

JOUR 11

« La justice est l'amour guidé par la lumière. »

Sully Prudhomme
La justice, 1878.

La fenêtre de ma chambre que le vent agite et fait claquer me sort de ma léthargie.

Toujours ce même environnement que je déteste, que je hais.

Je pense à mon tout petit « chez moi », à ma petite chienne qui est en garde et à qui l'on doit manquer.

Elle me manque aussi.

Je repense à toi qui la caresses.

Tout me manque.

Tu me manques.

Combien de temps allons-nous tenir ici ?

Le propriétaire a loué à des estivants pour la semaine suivante.

Les finances deviennent de plus en plus maigres et nos forces s'étiolent.

Je ne suis plus la seule à me traîner.

Nous rampons tous les trois dans un ras-le-bol communicatif.

Nous n'essayons plus de faire semblant.

Nous sommes blafards, cernés.

Nos regards et nos silences de plus en plus fréquents en disent long.

La rage après le désespoir fait place à une forme d'abandon de soi.

Nous, nous sommes devenus les obscurs mauvais reflets de ridicules avatars de nous-mêmes, que les *SIMS* ne retiendraient même pas pour figurer les pires relents de rebuts de clochards !

Je suis tellement abattue… que je ne souris même pas de mon autodérision… je suis consternée… au bout de mes forces écoulées…

Combien de temps encore…

Combien de temps ?

Nous savons que le combat est encore long.

Nos racines ont puisé toute l'eau de la terre et nous sommes devenus de vieilles roses fanées. De vieilles plantes sèches… de vieux squelettes de ficus abandonnés au fond du bureau de la vie…

J'aime à me souvenir des moments précis, comme toi, petit, à l'Arenal, assis sagement à côté de moi sur le muret de la plage parmi les marchands du soir, avec les odeurs de churros, de jasmin et de lauriers.

Jouant avec une petite marionnette artisanale que je venais de t'acheter et criant à tous les passants : « *hola !* », un des mots que tu connaissais bien.

Je revois ces gens te sourire et te répondre : « *hola, guapito !* ».

Tu avais à peine quatre ans mon enfant.

Je me raconte un tas de souvenirs qui me font sourire béatement.

Je suis là-bas, dans mon petit paradis, avec toi et tous ces jolis moments heureux.

C'est très émouvant d'y repenser même si je m'enfonce dans les sables mouvants de mon marécage.

Mes sables *ensevelissants*...

D'autres pensées s'envolent aussi vers l'Italie avec ta petite sœur.

Vos joies, vos disputes, vos rires, votre grande complicité.

Je souris seule, je suis paisible.

Fanée, éradiquée à vie au droit au bonheur simple, mais paisible.

Je sens un air frôler mon visage, mes cheveux, je hume avec délectation cet air inespéré qui réinjecte des soupçons de vie en moi et m'aide à survivre ici.

Puis je te revois essayer d'extirper de ton petit corps tous ces tuyaux qui doivent te faire mal, et mon sourire de bien-être disparaît instantanément.

Cet état si paisible se déguise doucement en tourments qui provoquent de grosses bulles acides dans mon estomac.

Ces bulles remontent jusqu'à mon larynx, puis ma bouche.

Je me lève précipitamment et je vais vomir.

Je vomis ma peine que je vois se déverser dans la cuvette des toilettes.

Je tire la chasse d'eau et ma peine est toujours présente, en moi, agrippée à tous mes organes.

Depuis le début, elle est ma meilleure ennemie, qui me ronge les entrailles.

Je revois tes lèvres soudées qui font de ta bouche pulpeuse ; de fines lignes.

Mon enfant, je te vois dormir et souffrir.

Comment, après, s'appellera ta peine et comment s'appelleront tes souffrances ?

Comment pourrais-je alléger ce fardeau qui pèse des tonnes et que tu devras porter seul ?

Comment pourrais-je être ta maman comme avant ?

Comment pourrais-je supporter le poids de la culpabilité ?

Comment pourrais-je te garantir la force de continuer à te battre ?

Comment… ?

Mes oreilles bourdonnent.

Le souffle court, j'ai envie de hurler.

Mon cœur se dessèche, inextricablement.

De nouveau, plus rien n'est beau, plus rien n'a le droit de l'être.

Je déraille sous la croix que je porte.

Quelle sera la tienne ?

Je revois ton sourire.

Mon enfant.

Tes questionnements seront les miens.

Tes douleurs seront les miennes.

Ta vie entière sera le poison qui désormais coule dans tes veines.

Je serais là.

J'aimerais que ces ombres noires et lugubres disparaissent de ma vue.

Que le soleil brille à nouveau, même à travers les ténèbres.

Vis… je te le demande. Je t'en supplie…

Je supplie et implore tous les Dieux bienveillants de toutes les religions que tu puisses un jour prononcer : « maman ».

Je te fais la promesse que Madame Marie et ses trois petits lapins seront présents à ton réveil, ils prendront, comme tu le sais, le grand train de la forêt… Pour ensuite te confectionner un bon gâteau tout doré et tout gonflé, que tu dégusteras avec ta sœur.

Vous serez blottis l'un contre l'autre… vous mangeriez et moi, moi je vous raconterais.

Quel est le nom de ce supplice que l'on nous inflige si ce n'est amour déchu, amour déçu.

Tout là-haut, tes anges te gardent.

Leurs ailes sont déployées, formant un paravent suspendu en l'air, au-dessus de ton visage.

Ils ne les quitteront jamais et les déploieront toujours.

Chaque corps raconte sa propre histoire, le mien parle énormément, énorme.

Je m'agenouille, je les appelle et je prie avec eux.

Je les sens auprès de moi qui essaient de toute leur force et d'un amour inconditionnel, de me porter, de me tenir chacun un bras et qui me disent : « courage, nous sommes là, il va vivre ! Il va vivre ! Pour nous, et se battre pour nous ! », pour lui… et pour qu'il accomplisse sa trajectoire !

Ils sont à tout moment présents en moi et mes pensées sont vers eux à chaque instant.

Ils n'ont pas encore pris leur envol.

Pas encore.

Je suis agenouillée et ta sœur qui vient de se réveiller, me relève.

Elle me dit que je suis blafarde, me demande si j'ai vomi, j'ai dû réveiller la maisonnée, car j'entends votre père s'affairer dans la cuisine.

Je suis tellement, tellement désolée.

Quelle mère suis-je pour lui infliger tout cela ? Le seul qui ne me subit pas à ce moment-là, c'est son frère… lui, mon *dormeur du val*, il dort dans son désert…

Ma toute petite qui grandit avant l'heure.

Ma toute petite qui devrait être en vacances avec des amis.

Ma toute petite qui devrait chanter, écrire comme elle sait si bien le faire, mais surtout vivre ses dix-huit printemps comme toutes les jeunes filles de son âge.

« Tu sais, c'est si dur d'apprivoiser l'éphémère. Tu sais, c'est si dur de croire en quelque chose… » Cyril Collard, Les nuits Fauves.

Combien de marches pénibles à monter encore ?

Combien de bus à prendre encore ?

Combien de trajets… ?

Combien de temps mon corps va tenir debout ?

Combien de cheveux blancs vont m'envahir ?

Combien de kilos vas-tu encore perdre ?

Combien de kilos vais-je encore prendre ?

Combien d'argent nous reste-t-il ?

Combien de temps, encore, l'amertume nous infligera-t-elle son odeur fétide ?

Je ne peux répondre à aucune de ces questions qui pourtant me taraudent.

Notre rite ne change pas.

Votre père, entre café et cigarette, téléphone à l'unité de soins.

Tu vas bien, mais tu supportes de moins en moins toutes ces intubations, tu tousses, tu veux les rejeter.

Vivement l'heure que je puisse te prendre la main et te parler, te rassurer.

Soulager avec de simples mots toutes ces souffrances que tu endures.

Je repense au tarmac brûlant comme l'enfer, le jour de notre horrible et détestable arrivée.

La matinée me semble interminable.

Je tourne en rond.

Je suis lessivée.

J'ai tant veillé.

J'ai tant somnolé.

J'ai tant cauchemardé.

J'ai tant prié.

Je jette un œil sur mon petit cahier, il m'appelle, mais cette fois je l'ignore, je le délaisse, il m'épuise de tant d'encre écoulée.

De tant de larmes déversées

Je plie méthodiquement mes quelques vêtements entassés sur une chaise qui me sert aussi de table de nuit, à moitié bancale.

Je vais boire un jus de fruits.

J'avale des calmants.

Je vais, je viens.

Je m'accroche une cigarette au bec, je vais me poser sur le balcon.

Je te regarde.

Je retourne dans le salon.

Je papote un peu avec mes deux amours.

J'ouvre le réfrigérateur, je le referme.

Je m'allonge, je me relève.

Je regarde l'heure.

Je m'agace moi-même.

Je les regarde, eux, si sages et si calmes dans leur tourment, le même que le mien, ils me regardent m'agiter sans rien me dire.

Je tourne, je vire, je piétine pour rien.

J'ai chaud.

Je retourne prendre une douche, le jet dirigé sur mon visage, la bouche ouverte.

Je recrache l'eau en essayant de l'envoyer le plus loin possible puis je recommence.

Je m'essuie et change d'habit.

Je pense un court instant à ma triste famille, ma pseudo famille.

Je pense à mes amours de parents, seuls qui ne doivent pas comprendre pourquoi ils sont abandonnés.

Je pense à certaines personnes qui devraient être, comme tes amis, auprès de nous, mais qui brillent par leur absence.

Comme ceux de mon sang.

Le temps a dû s'écouler, nous déjeunons, je mange, je mange…

Un appel d'eux, toujours présents pour nous, pour nous prévenir qu'ils ne vont pas tarder pour nous accompagner.

Enfin… Mon enfant…

Matinée de merde durant laquelle je me suis perdue dans le brouillard des souvenirs et dans les profondeurs des folles idées.

Nous roulons.

Je ne regarde même plus autour de moi, ce trajet je le connais par cœur, sans rien regarder je sais approximativement où nous nous trouvons, je jauge la durée aussi.

Et lorsque la route, toujours autant escarpée fait une montée accompagnée de multiples virages, je sais, les yeux fermés, que nous arrivons bientôt.

Quelques minutes encore et nous serons sur le parking, puis sur notre banc, attendant comme d'habitude le moment tant attendu.

Le feu vert pour que les portes s'ouvrent devant nous.

Des rituels qui resteront gravés à jamais sur l'écorce de ma peau, indélébilement.

Ce sont mes tatouages.

J'invente un pays, le tien : le pays des songes douloureux.

Qui pourra nous sauver, nous ?

Qui sera en mesure de nous rendre notre légèreté ?

Qui saura nous faire oublier ces instants répétitifs, maussades et morbides ?

Il faudrait que chaque jour nous fassions des choses qui nous rendent heureux ou rendre heureux les gens jusqu'à ce que cela devienne une réalité.

« Je cherchais mon plus lourd fardeau, c'est moi que j'ai trouvé... ». Nietzsche.

La colère, désormais, m'est devenue inutile.

Je ne cherche plus la perfection, juste le bonheur simple de pouvoir vivre et survivre.

J'ai juste besoin d'un peu de repos, de prendre le temps, de m'asseoir sur un autre banc et de pouvoir respirer, l'air frais, ailleurs, juste l'espace d'un court instant, faire le vide complet.

Écouter le vent qui souffle sur les branches des arbres, qui me raconterait tes secrets.

Oublier, juste un moment.

Ne plus percevoir mes soucis.

Pouvoir sourire à la vie même si elle me déteste.

Me blottir dans les bras de Morphée en regardant la lune et ses constellations, un soir, seule, face à l'immensité du monde.

Abandonnée une fois il y a longtemps, toute petite, abandonnée de nouveau…

Alerte !! Feu vert !!

Nous avançons comme d'habitude.

Nous passons dans le SAS comme d'habitude, puis nous nous prenons la main comme d'habitude ta sœur et moi.

Nous redécouvrons ce petit visage tant adoré qui est le tien, que l'on voit à peine, sous ce masque blanc.

C'est très impressionnant.

Je t'admire.

Je t'enlace la main et pour la première fois depuis notre arrivée, elle n'est pas glacée, pas chaude non plus, elle est juste comme il faut.

Ta sœur qui a glissé la sienne de l'autre côté le constate également.

Nous nous sourions.

Ces petites mains, qui étaient auparavant si glacées et qui nous mettaient dans un état de totale décomposition, nous projetant contre nos idées noires, nous pulvérisant en purée… tes petites mains, nous reviennent…!

Nous te parlons.

Chacune à notre tour, nous t'expliquons encore, avec nos mots, ce qu'ils t'ont fait, hier matin, pour notamment améliorer ta respiration et beaucoup d'autres choses également.

Tu parais attentif, sage et si fin.

Quelques râlements sortent de ce trou auquel nous devons nous habituer.

Puis de temps en temps une petite toux.

Puis, tes yeux qui semblent cligner légèrement.

Exactement comme quand une personne est épuisée, que son réveil sonne et qu'elle ne veut pas se réveiller.

Qu'elle veut dormir encore un peu.

Nous restons assez stupéfaites.

Nous t'encourageons, nous te demandons si tu nous entends et que si c'est le cas de nous faire un signe.

C'est tout bizarre comme sensation autant que salutaire.

Puis le calme plat, puis tu recommences, cette fois-ci en trouvant la force de bouger tes longs doigts fins à l'intérieur de nos mains.

Nous ne nous regardons plus ; de petites larmes défilent le long de nos joues pour mourir sur nos lèvres que nous laissons choir, à leur propre vide.

Démunies comme on ne peut qu'être devant la venue au monde d'un enfant, des pleurs langoureux luisent lentement sur nos joues qui se sont fait lits de rivière.

Nous bâillonnons le sanglot que nous partageons sans nous voir, toutes les deux, instinctivement, car il serait indécemment violent et incongrûment sonore dans un tel lieu, dans cette chambre, dont le rythme monacal n'a été jusque-là que le théâtre du recueillement.

Nos paupières, à jamais ouvertes, laissent nos yeux figés par l'espoir, qui bondit, haletant dans nos poitrines.

Je te…

Elle te…

Nous te demandons si tu nous entends, Trésor.

Dans ma tête c'est un immense feu d'artifice ou un ciel, la nuit, où comme par miracle jaillissent de multiples étoiles filantes.

Mon corps frémit d'impatience et de frénésie intolérables.

Mes entrailles sont secouées par un tsunami gigantesque.

Je vais exploser. De tout mon être.

Je te demande de nouveau en m'approchant d'une infinie délicatesse et tout près de ton oreille je te chuchote : « Trésor, tu nous entends ? ».

Le père Noël et la petite souris existent !!! C'est sûr maintenant !

Tu serres tes mains dans les nôtres, c'est perceptible.

Nos mains s'entremêlent longuement d'une faible force tranquille.

Je la regarde te baiser le front.

Ébranlés de sanglots : nos amis, nos frères, aujourd'hui, nous convulsons, nous chavirons de joie, laquelle jaillit de tous nos pores et ces soubresauts que nous maîtrisons de moins en moins, nous empoignent et nous maltraitent !

Même si mes côtes en souffrent affreusement, à m'en faire crier, ça fait un bien fou, que je croyais disparu !

Je te regarde.

Je la regarde.

Mes enfants, mes amours, je ne sais pas ce que demain sera fait ni ce que la suite nous apportera de beau et de moins beau, mais l'espoir m'éblouit !… Comme c'est mieux, le bonheur…!

Nous communiquons quasiment.

Nous t'expliquons que nous devons partir et pourquoi nous devons le faire.

Tes mains nous répondent ; « oui ».

Le relais, cette fois, est spécial.

Nous sourions, tout en déversant de l'eau salée qui coule, pour ne pas changer, tout doucement le long de nos joues.

Ils comprennent immédiatement et implicitement.

Ils volent jusqu'au « box 7 ».

Nous, nous sortons en souriant à cette extraordinaire infirmière qui te suit plus particulièrement, je crois, depuis le début, qui te soigne, une jeune femme qui chaque jour nous a soutenus et encouragés.

Une jeune femme d'une très grande bonté, dont je ne remercierai jamais assez la bienveillance, bienveillante que je ne remercierai jamais assez.

Merci *Adela.*

Dehors, comme d'habitude, il fait beau et… cela me plaît… l'air… l'air enchante mes poumons qui se réveillent et me torturent en s'étirant… j'en ris… mon sourire doit dépasser mon visage… la preuve ! Il illumine aussi celui de ta sœur qui pleure en même temps, hagarde…!

Une pensée fugitive et oiseuse me glisse, alors dans le ravissement du bain de joie où je m'ébroue et me noie avec délice, qu'avoir tant pleuré, aurait pu rendre service et venir en aide aux pays chauds qui manquent d'eau… mais le cynisme n'est pas invité à la fête !

Je regarde partout autour de moi, je respire la chaleur et autorise le soleil à me brûler le visage.

Ce que nous venons de vivre, est le cadeau inestimable que chaque être qui veille la vie des leurs, attende, espère et devrait connaître.

Dieu est grand !

Mon enfant nous entend !

Je ne sais pas de quelle manière il ressent les choses ni comment il les perçoit ou entend, mais il réagit.

Que cette clope est bonne.

Que cette canette est rafraîchissante.

Je m'assois sur notre banc et je déguste.

La boisson fruitée qui coule dans ma gorge devient le plus doux et succulent des nectars.

Le téléphone peut sonner, je l'entends à présent.

Je peux répondre et raconter sans trop d'empressement ni de haine ce que l'on vient de vivre, un conte de fées où mille poussières d'étoiles se sont déversées sur nous pour retirer le poids énorme des sanglots sans fin.

Toujours assise sur notre banc, je les vois arriver aussi perplexes qu'émus.

Les lèvres déridées, soulagées des aigreurs noirâtres.

Des câlins empreints de vérité s'imposent, ceux qui n'ont pas eu le bonheur de vivre ces instants partagent avec nous, cette jouissance ultime et extrême.

Nous repartons légers.

Dans notre marche couplée côte à côte, nos bras se sont noués d'eux-mêmes… on se tient par les mains, les miennes qui *s'énergisent* en pompant le velours chaleureux des tiennes.

Nous nous séparons pour mieux nous retrouver ce soir.

Cet après-midi-là, sans beaucoup d'argent sur nous, mais l'on s'en fout royalement, nous allons faire de minimales emplettes qui nous paraissent être un luxe.

Le temps passe vite dans ces circonstances, du lèche-vitrine, un petit diabolo menthe en terrasse, des sourires échangés.

Nous jouissons de notre bonheur silencieux.

Un peu fatigués de tant d'émotions, nous rentrons.

En les attendant, je vais prendre une douche, j'entends ta sœur et votre père qui chantent, hurlent : « Caruso » et d'autres chansons tant écoutées ensemble.

Je ris.

Je ris, mon enfant.

L'avenir sera différent et semé d'embuches, certes, mais je ris.

Nous sommes prêts, nous partons, dans la voiture il allume la radio pour la toute première fois.

Tout au long du trajet tes yeux de diamants me hantent, à moins que ce ne soient des émeraudes.

Peu importe, malgré les stigmates visibles, je veux les voir.

J'ouvre grand mes noisettes et j'admire la mer.

Le parking, le banc et bientôt toi.

La joie, la peur, l'envie, le merveilleux et l'obscur se bousculent dans un même espace confit.

Encore une fois, c'est avec ma petite princesse qui est aussi la tienne que j'entre, l'empressement de nos pas en dit long et changent la perception de ce couloir qui me paraissait si long.

Émues devant toi, nous attendons tant de toi.

Nos forces coulent dans tes veines.

Nous nous vidons.

Petit sacrifice insignifiant afin que tu entendes nos suppliques et nos voix rauques de désir.

Cette fois nous nous plaçons du même côté, le long de ta couche, sur ta droite, où nous te voyons bien.

Le côté où ton visage est plus visible.

L'endroit où tous ces gros appareillages ne nous gênent pas.

Nos deux mains sur la tienne, la droite tout abîmée d'éclat de verre, celle-là même que j'ai tant tenue.

Nous te parlons, tu réagis, tes doigts sous nos mains bougent comme de petites plumes d'oisillons.

Puis un froid s'installe en moi, ma peau frissonne bien qu'il fasse une chaleur assourdissante.

Je me plonge dans le regard vert clair de ta sœur… et m'y réfugie dans un lâche bien-être voluptueux dont je ne peux réprimer l'abandon.

Je plisse les yeux, puis les ouvre tout grand.

Je ferme les yeux, puis les ouvre à nouveau.

Ma gorge est sèche, se bloque. Mes poumons se cachent les yeux pour ne pas voir.

Je déglutis le peu de salive qu'il me reste, cet instant est si rapide que je crois rêver ou défaillir.

Toi, Trésor, tu viens d'ouvrir les tiens et tu nous regardes… … … … … … … … …!

Ton regard est apeuré : un lapin frileux dans les phares !!

Ton regard marque la stupéfaction extrême.

C'est le moment du plus grand saisissement que je ne t'ai jamais connu, proche de l'épouvante…

Tu nous scrutes, effrayé.

Parfois tu baisses les paupières ? Tu essaies de comprendre où tu es…!?

Parfois tu essaies également de regarder autour de toi ? Mais tu ne peux pas bouger !

Bonjour Amour, c'est nous... ce sont les seuls mots qui nous sont venus…

Nous sommes abandonnées par le manque de vocabulaire.

Comme le sable, dans des doigts distraits et trop ouverts, il s'est échappé.

Nous n'avons que des larmes brûlantes ; des cris de joie et des larmes qui fusent et cabriolent et galopent sur nos joues habituées, dans un tout entremêlés qui… devinez… se traduit par un sanglot désemparé chez chacune de nous deux, les bras bas et décharné de vide, les yeux fermés, qui remercient, chacun de leur côté, ce foutu sort, qui, *pourquoi nous !?* Mais on ne l'en blâmera pas !

Nous a… épargnés… merci… merci… merci la vie… la beauté… la joie… l'amour… les arbres, là-bas derrière la vitre bleutée, qui nous font signe, décoiffés par le vent, et dont le feuillage agité nous disent leur joie aussi, qu'ils partagent avec nous… l'amour… l'amour… *mon fils...*

L'instant est délicat et magistralement magique.

« Ne sois pas inquiet, nous sommes là tout près de toi, nous reconnais-tu ? ».

« Mon fils, je t'aime ».

« Mon frère, ne sois pas apeuré ».

Je n'aurais pas imaginé cet instant comme ça, je l'aurais cru moins frêle.

J'ai envie de te dire que je t'ai donné la vie et qu'à présent tu me rends la mienne.

Mais cela te déconcerterait encore plus.

Tout va si vite.

La panique et l'effroi se lisent distinctement au fond de tes émeraudes.

Tu ne comprends pas, tu es perdu…

Néanmoins tu sais exactement qui nous sommes, car tu essaies de prononcer « maman » et le prénom de ta sœur.

Tes yeux s'écarquillent lorsque tu réalises que tes lèvres ne s'ouvrent pas, tu ne sais pas qu'elles sont scellées par du fer, que le son passe à peine à cause de la trachéotomie.

Alors tu t'agites de plus en plus, tu veux bouger, s'extirper de cette couche, des larmes coulent sur ton masque blanc, tes yeux sont trempés.

Tu nous dis des choses, beaucoup de choses parmi lesquelles nous percevons : « aime », « pardon », « maman », « où ils sont ? », « nuit », « plein phare »…

Tu es complètement confus et ton réveil est lourd de conséquences, lourd de souffrances.

Je le redoutais tant dans l'espoir de le vivre.

Tu t'énerves, tu pleures, tu me fixes, tu me questionnes.

Je te regarde caressant ton front, te souriant, en retenant mes larmes.

Je te calme, je te caresse.

Tes pleurs s'intensifient.

Tu es terrorisé.

L'équipe soignante arrive et te calme en t'entourant pour, peut-être te faire comprendre où tu te trouves.

Votre père et tes amis arrivent.

Tu cherches nos yeux, nous croisons difficilement ton regard si malheureux.

Nous ne sommes capables, nous, que d'offrir nos plus radieux sourires éberlués…!

Je crois percevoir les milliers de bulles d'amour qui s'en échappent…

En étant tellement conscients que l'avenir sera rude.

Enfin, tu ne dors plus !

Enfin, tu ouvres les yeux !

Enfin, tu nous parles !

Les soignants nous laissent, tous autour de toi.

Ils sourient aussi : ce doit être beau des gens heureux…

La panique te gagne à nouveau, tu es confus, tu regardes certaines personnes d'une façon différente.

Tu es perdu mon Amour.

Nous sommes autour de toi…

Nous formons le bouclier dont tu aurais dû bénéficier…

Enfin, mon enfant, tu es parmi nous… Je t'aime… Amour…

Enfin, mon enfant, tu ouvres les yeux…

Et moi…

Moi, où aurais-je pu puiser la force de tout te dire sans te l'écrire ?

... Juste dans la lumière que tu n'as cessé de m'infuser, de m'inspirer... et qui enluminera chaque ligne de ces pages.

FIN

CHAQUE JOUR EST LE PREMIER JOUR.
CHAQUE JOUR, LA VIE COMMENCE.

À chaque seconde, pour chaque battement de mon cœur :
Chaque mot, chaque pensée, chaque soupir… pour toi… pour ta sœur…
Je vous aime.

REMERCIEMENTS

À toi ma fille, mon pilier, qui m'a tant soutenue.

À toi Gianni, le père de mes enfants, mon meilleur ami.

À toi Younes, mon compagnon de route depuis si longtemps.

À toi, Ricardo, qui a été si réactif.

À toi Orso, qui nous a guidés et donné tant de lumière et de chaleur dans ce cauchemar.

À toi Flo, pour avoir traversé les océans pour le chérir et prier de toutes tes forces.

À toi Nabil, qui nous a apporté tes espoirs, tes blagues et ta foi.

À Fathi et Zak, vous qui nous avez aidés à garder la tête levée.

À toi Stan, pour ta protection et ton amour qui nous a réchauffé le cœur.

À toi Elvi, qui m'a rappelé que mon fils était le plus drôle ! Le plus fort !

À l'équipe soignante, qui t'a chéri et surveillé des jours et des nuits entières

À mes parents, qui m'ont appris à ne jamais abandonner.

À toi mon fils, mon guerrier qui s'est battu et qui continue de se battre pour ne jamais oublier.

À Lionel LEFEBVRE, collaborateur de mon Éditeur, qui a sublimé mes écrits avec patience et bienveillance.

À toutes les prières qui se sont envolées pour toi, de tous les horizons, de toutes les religions.

À nous…

À la vie…

À la mémoire de nos deux chers anges…

TABLE

NomBre7 éditions

contact@nombre7.fr - 04 66 05 87 18

Imprimé en France — Mars 2020
Dépôt légal premier semestre 2020

Achevé d'imprimer chez SoBook le 26-03-2020

Linselles - France

N° impression : 622 403